Carl Oskar Renner

Der Rosenheimer Salzkrieg

Carl Oskar Renner

Der Rosenheimer Salzkrieg

Historische Erzählung

rosenheimer

Der Autor dankt
Herrn Stadtheimatpfleger Willi Birkmaier
und Herrn Verwaltungsoberamtsrat Horst Rankl
für die freundliche Unterstützung
seiner Arbeit.

Inhalt

Eine Kriegslist

Am 12. Februar des Jahres 1742 begann am frühen Nachmittag die Marktglocke zu Rosenheim stürmisch zu läuten. Zu solch ungewohnter Zeit hatte man sie selten vernommen, was auf ein ungewöhnliches Ereignis schließen ließ.

Dennoch schien an diesem Tag die aufgeregte Menschenmenge, die sich trotz der winterlichen Kälte schon seit Stunden auf dem Platz drängte, geradezu darauf gewartet zu haben. Ging doch schon seit Tagen die Rede, daß sich im Tirolischen drin eine beachtliche österreichische Streitmacht zum Kriegszug gegen Bayern rüste.

Der kurfürstliche Salzfertiger Peter Paulier hielt sich noch in seinem Hause auf, als das Läuten erscholl. Jetzt warf er seinen Mantel um, um sich nach draußen zu begeben und zu hören, wie die Dinge stünden. »So, jetzt ist's soweit. Jetzt haben wir sie auf dem Hals, die vermaledeiten Österreicher.«

»Die gleichen Österreicher, mit denen wir z'Innsbruck und z'Hall an einem Tisch gesessen sind«, meinte Florentina, sein Ziehkind, die neben ihm stand.

Paulier wunderte sich, daß sie gerade jetzt an die Reisen, die sie zusammen ins Tirolische unternommen hatten, dachte. Der Salzfertiger hatte bei seinen Handelsgeschäften, die er mit dem Salz machte, oft dort zu tun gehabt. Und Florentina, die ihm immer die liebste unter den vier Töchtern war, die seine Frau aus ihrer ersten Ehe mitgebracht hatte, hatte er zu solchen Gelegenheiten gern mitgenommen. Ja, das mochten für sie bleibende Erinnerungen sein, als sie, ein halbes Kind noch, mit ihm zum ersten Mal den Inn hinaufgefahren war! Aber im Moment hatte man doch in Rosenheim weiß Gott andere Sorgen, als daß man irgendwelchen Handelsreisen nachtrauern konnte, wie sie der Krieg jetzt unmöglich gemacht hatte!

»Und jetzt hauens' ois z'samm', wenn wir Pech haben«, entgegnete er hart.

»Weils' müssen, Vater, sie haben sich's ned 'rausg'sucht.« Florentina fuhr sich erregt übers Haar.

Dieser geradezu landesverräterische Eifer erstaunte den Paulier noch mehr. Aber irgendwie verhielt sich das Mädchen schon länger so anders, als er das früher von ihr gewohnt war: Sein einst so anhängliches kleines Schatzerl war in letzter Zeit reichlich störrisch und unzugänglich geworden. Was war bloß los mit ihr? Ja, die altbekannten Reibereien mit der Mutter vielleicht! Das wäre nichts Neues gewesen! Aber warum sagte sie es ihm nicht? Sie brauchte doch vor ihm keine Angst zu haben!

Oder sollte sie Männergeschichten haben? Aber dann hätte er doch etwas gemerkt! Und die Ratschkathln im Markt Rosenheim hatten bei ihr bisher reichlich wenig Gelegenheit gefunden, sich die Mäuler zu wetzen. Ja, eigentlich bedauerte er selber, daß sie mit so manchem ehrbaren Bewerber gar nicht recht hatte warmwerden wollen. Aber – irgend etwas mußte dahinterstecken! Nun, er, der sie doch kannte wie kein anderer, würde das schon noch herausfinden…

Peter Paulier kam gerade zur rechten Zeit auf den Marktplatz: Vom Rathaus schritt mit ernster Miene ein Ratsdiener würdevoll daher. Er begab sich auf die kleine »Schrei-Bank«, die seitlich neben der großen festgefügt zwischen den Pflastersteinen eingelassen war.

Diese fünf Stufen hohen, steinernen Schrei-Bänke hatten den Zweck, den Marktschreiern ihre Aufgabe zu erleichtern; auch die Bänkelsänger bedienten sich ihrer gern, wenn sie, vor allem in der Faschingszeit, ihre Gassenhauer auf dem Markte vortrugen.

Der Ratsdiener hustete sich kurz die Kehle frei und begann mit martialischer Stimme, die über den ganzen Platz dröhnte, deutlich vernehmbar zu lesen:

»Unser Bürgermeister, Johann Jakob Ruedorfer vom kurfürstlichen Markt zu Rosenheim am Inn, an seine Bürgerschaft:

Indem daß vom Tirol her eine starke österreichisch-ungarische Armee von Krowoten, Panduren, Tolpatschen und Heiducken in unser Bayernland eingefallen ist, gibt uns der österreichische Militärdirektor – ein General-Feldmarschall-Leutnant Georg Leonhard Freiherr von Stentsch – mit folgenden Worten kund und zu wissen:

Wenn der Markt Rosenheim sich nicht in sechs Stunden gutwillig ergibt und zwölf bevollmächtigte Geiseln nebst den ältesten Geschworenen nach Nußdorf in unser Feldlager schickt, sehen Wir Uns gezwungen, selbem mit Feuer und Schwert zu begegnen und kein Pardon zustatten kommen zu lassen.

Gegeben in dem Feldlager zu Nußdorf am 12. Februar des Jahres 1742.
von Stentsch, General-Feldmarschall-Leutnant.«

Nachdem diese Botschaft verlesen war, begab sich der Mann wieder zurück ins Rathaus.

Inzwischen hatten sich um die beiden Schrei-Bänke die Marktleut' versammelt, Männer und Frauen, und fingen an, heftig miteinander zu diskurrieren. Diesem Diskurs machte aber jetzt der Bürgermeister Ruedorfer ein Ende, der, umgeben von seinen Magistratsräten, heftig gestikulierend die große Schrei-Bank betrat. Gleich drängten sich die Leute zu ihm hin und fragten dies und das. Doch der Ruedorfer scherte sich nicht um sie, sondern wandte sich an

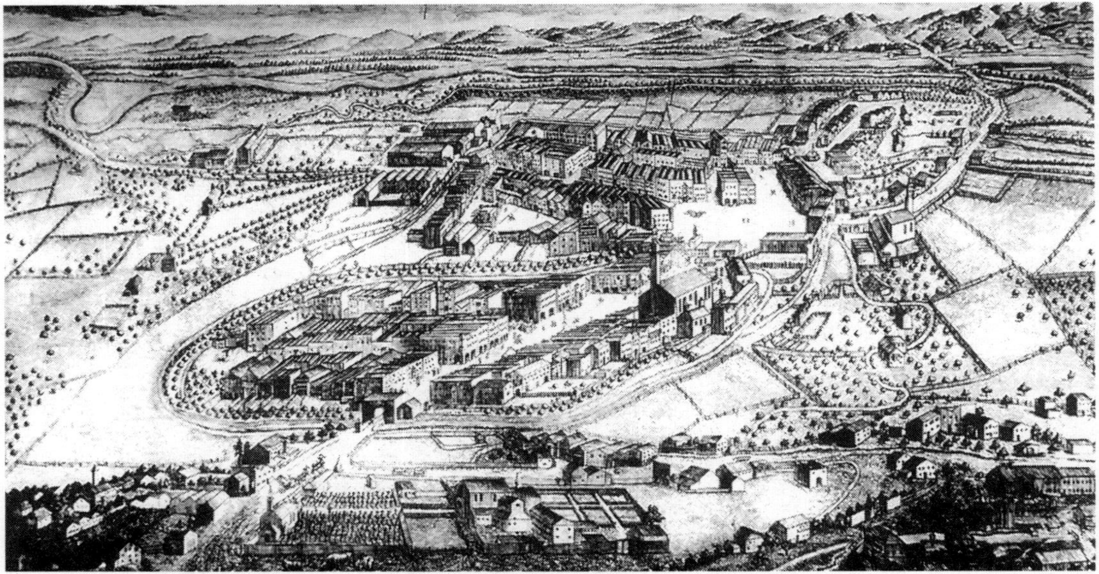

Eine Ansicht des kurfürstlichen Marktes Rosenheim aus dem 18. Jahrhundert. Im Vordergrund das Münchner Tor, durch das man direkt den Inneren Markt (heute Max-Josefs-Platz) betritt.

seine Ratsherren, worauf ringsumher gesetzte Ruhe eintrat.

»Jetzt haben wir den Dreck!« sagte er. »Wen schikken wir als Geisel nach Nußdorf? Melden sich einige von euch freiwillig?«

»Freiwillig?« fragte da der Bräu und Gastgeb Peter Duschl. »Wer sich da freiwillig meld't, der müaßet ja Tinten g'soffen haben! Ich jedenfalls ned!«

»Ich aa ned«, rief da auch der Stockhammer.

»A feine G'sellschaft!« entgegnete der Bürgermeister. »Der Stockhammer ned! Der Duschl ned! Und ihr anderen? Höck, Märtl, Danner? – Was is'?«

Die Angesprochenen schauten weg und versuchten spöttisch zu grinsen, wodurch sie ihre innere Lahmarschigkeit zu kaschieren vermeinten.

»Gut!« fuhr der Bürgermeister fort. »Dann lassen wir's drauf ankommen!«

»Hö, hö, hö!« schnaubte da der Gastgeb Anton Pleß. »Drauf ankommen lass'n wir's ned!«

Der Ruedorfer trat vor ihn hin: »Und was dann, mein Lieber?«

Der Pleß wölbte seine Brust heraus: »Ich logiere den General von Stentsch in mein neues Doppelhaus ein, wenn er kommt und ned gar so großgoschig daherred't!«

»Und ich werde die anderen hohen Offiziere in meinem Pfarrhof aufnehmen!« sagte der Pfarrer, der soeben auch zu ihnen getreten war.

Launig entgegnete ihm der Bürgermeister: »Hochwürden, räumt aber erst Eure Kuchlmägde weg!

Denn sonst ist Euch eine gesegnete Nachkommenschaft beschieden!«

Darauf erwiderte der Pfarrer schmunzelnd, mit klerikaler Gelassenheit: »Die Herren werden auf meine Köchin, die Anna, und auf die anderen alten Frauenzimmer so wild nicht sein; schwirrt doch so viel junges Weibervolk umeinand', quer durch alle Gassen!«

»Ihr müßt sie«, gab der Duschl drauf, »in der Beichte besser ausbeuteln!«

Der Pfarrer fuhr sich mit der Hand übers Gesicht und meinte: »Ich hab's nicht so mit dem Ausbeuteln, Duschl! Da werdens' nur noch störrischer. Und überhaupt, was will ich noch bei euch? Das Schicksal von Rosenheim liegt in eurer Hand und ned in der meinen!«

»Und in Gottes Hand!« rief da der Gastgeb Martin Schmetterer, der etwas abseits stand.

»Richtig, Schmetterer: in Gottes Hand!« sagte der Pfarrer und wandte sich zum Gehen.

Im Feldlager zu Nußdorf war dieser 12. Februar ziemlich ereignislos verlaufen. Die Soldaten hatten sich zwar in Bereitschaft zu halten, doch waren bislang keine weiteren Befehle gegeben worden. Jetzt, in den frühen Abendstunden, hatte sich eine Gruppe von Offizieren versammelt und unterhielt sich über das Unternehmen gegen Rosenheim.

Meinte der Hauptmann von Greiffenberg: »Wird Zeit, daß die Mannschaften endlich in Bewegung kommen. Du gibst ihnen einen Tag Ruhe, und die Disziplin ist beim Teufel. Da braucht es schleunigst eine kleine Heerschau – oder den Abmarschbefehl.«

»Wird wohl eher werden der Abmarschbefehl«, meldete sich der junge ungarische Leutnant Ferenz Farkas zu Wort. »Läuft doch das Ultimatum gleich ab.«

Der Obristwachtmeister Joseph von Goldegg schnaubte verächtlich: »Der kann's scheint's nicht erwarten, daß er dieses Weibsbild aus Rosenheim wiedersieht.«

»Ich glaub', da gibt's mehr, die etwas nicht erwarten können«, meinte der Hauptmann von Gabelkoven genüßlich. »Heißt's doch immer, daß bei den Rosenheimern etwas zu holen ist. Die verdienen doch gar nicht schlecht an ihrem Salzhandel. Und endlich ein richtiges Quartier, das wär' bei dieser Saukälte auch nicht g'rad' zu verachten.«

Aber Gabelkovens Visionen von fetter Beute und schönem Leben wurden überhört; Goldegg hatte einigen jungen Offizieren das Stichwort gegeben, das es brauchte, damit sie sich die Mäuler wetzen konnten. Man erinnerte sich wieder an einen fast schon vergessenen Vorfall aus der Zeit, als man, noch mitten im Frieden, in Hall in Tirol in Garnison gelegen war: Farkas war plötzlich gar zu häufig vom Ausgang erheblich zu spät zurückgekommen. Bis sich die Oberen veranlaßt sahen, ihm drakonisch klarzumachen, daß sich auch und gerade ein zukünftiger Offizier an die Disziplin zu halten habe. Und wie's so geht, hatte es auch damals Kameraden gegeben, die, warum auch immer, über den Grund der Verfehlungen des Fähnrichs Farkas recht genau Bescheid wußten...

»Da werden wir gleich einmal ein Suchkommando zusammenstellen, für den Fall, daß er uns in Rosenheim abhanden kommt, unser Ferenz Zapfenstreich«, ließ sich ein junger Leutnant vernehmen.

»Da braucht's doch kein Suchkommando. Da brauchen wir g'rad' einen Rosenheimer zu fragen, wo so ein gewisses Salzfertigerstöchterl zuletzt gesehen wurde«, höhnte ein anderer.

»Und ich gleich stelle zusammen Trägerkommando, das euch trägt mitternachts heim, wenn ihr nicht mehr seid gehfähig«, versuchte sich der Farkas zu verteidigen.

Josef Anton von Lindtner, der es dank seines ausgeprägten Ehrgeizes und trotz seiner jungen Jahre zum Hauptmann und Stabsquartiermeister gebracht hatte, war diesen Spötteleien aufmerksam gefolgt. Als er sich wenig später zusammen mit Goldegg von der Gruppe entfernte, meinte er:

»Wie wär's denn eigentlich mit einer netten Soldatenhochzeit, mit unserem Ferenz als Bräutigam – auf Kosten des besetzten Marktes, versteht sich?«

»Wieso willst du denn auf einmal den Heiratsvermittler spielen?« brauste Goldegg auf.

»Paß auf: Das Mensch, mit dem er in Hall herumgezogen ist, ist doch die Tochter eines Rosenheimer Salzfertigers, und das Salz, das in Rosenheim lagern soll, ist ja unser eigentliches Kriegsziel – das hat doch der Stentsch gestern ganz klar gesagt.«

»Kriege sollen andere führen – du, glückliches Österreich, heirate!« höhnte der Obristwachtmeister. »Aber du bist mir ein gar zu guter Österreicher, Lindtner. Bei den Herren Bürgern braucht's doch keine Hochzeit, denen hältst du einmal einen Pechkranz unter die Nase, und sie haben die Hosen voll.«

»Das sagst du, alter Haudegen! Aber da kennst du die Handelsleute schlecht. Was ein echter Geldsack ist, der ist auf einmal pleite, wenn du etwas von ihm haben willst. Und bald die Nachhut wieder beim Tor draußen ist, veranstaltet er das nächste Gelage – mit Spanferkeln und Weinfässern, die vorher überhaupt nicht vorhanden waren. Und du kannst Gift drauf nehmen, daß es uns mit den Rosenheimern und ihrem Salz genauso geht. Es sei denn, wir schlagen sie mit ihren eigenen Waffen und legen sie einmal tüchtig herein. Und so ein Weibsbild – wenn du es einmal richtig verliebt gemacht hast, dann tut sie für dich alles. Dann verkaufts' dir ihre ewige Seligkeit, ohne daß sie danach fragt.«

»Und du glaubst wirklich, daß du mit einem verliebten Weibsbild den entscheidenden Sieg über die Rosenheimer erringen kannst?«

»Garantieren kann ich's natürlich nicht, mein lieber Goldegg! Aber warum sollten wir es nicht probieren – noch dazu, wo ein zünftiges Festessen auf Kosten der Herren Salzhändler herausschaut!«

Bis zu dem zünftigen Festessen sollten sich die beiden Offiziere noch ein kleines bißchen gedulden müssen.

Der alte General-Feldmarschall-Leutnant von Stentsch, der das Unternehmen befehligte, war kein Mann der raschen Entschlüsse. So ließ er nach Ablauf seines Ultimatums noch einen Tag verstreichen, ehe er am frühen Morgen des 14. Februar – es waren immer noch keine Geiseln in Nußdorf eingetroffen – den Befehl zum Vorrücken gegen den Markt Rosenheim gab.

Dort war auch an diesem Tag schon morgens eine aufgeregte Menschenmenge auf dem Marktplatz versammelt. Man stand in Grüppchen zusammen und debattierte darüber, ob man vielleicht doch auf irgendeine Weise dem österreichischen Strafgericht entgehen könne.

Der Bürgermeister Johann Jakob Ruedorfer war gerade dabei, sich wieder einmal zur Schrei-Bank zu begeben, als ein Torknecht herbeigerannt kam und rief: »Bürgermeister, ein Trupp Soldaten reit' von der Innbrücke auf unser Tor zu. Österreicher san's!«

Der Bürgermeister und die Leut' um ihn standen zunächst sprachlos da; dann nickte er hilflos: »Frag sie, was sie wollen!«

Sagte der Stockhammer: »Ich hab's ja g'wußt, warum i' mi' ned für Nußdorf g'meld't hab; die kommen doch von selber!«

Darauf erwiderte in wegwerfendem Tonfall der Weingastgeb Ruprecht Höck: »Hätt' mich auch gewundert; denn der Stockhammer woaß ja all's besser!«

Der Bürgermeister seufzte hörbar und blickte kurz zum Himmel auf. Dann sagte er: »Nun, dann in Gottsnam'! Macht die Tore auf! Pfarrer, wir beide empfangen sie!«

Die Torriegel fielen. Eine Gruppe von Offizieren zu Pferde sprengte auf den Marktplatz; dahinter zog mit klingendem Spiel die beachtliche Leibgarde von »82 Kopf zu Fuß« ein, an der Spitze der Wachtmeister Dadassouich. Unter markerschütterndem Kommandogebrüll der untergeordneten Chargen spalteten sich kleine Trupps aus der Formation ab, um die Tore zu besetzen. Alles vollzog sich mit größter Schnelligkeit, so daß die auf dem Marktplatz versammelten Rosenheimer kaum dazu kamen, zu erschrecken.

Jetzt kam der General von Stentsch zum Tor hereingefahren – in einer Kutsche; die Franzosen hatten ihm anno 1734 in die Hüfte geschossen, weshalb er seither nicht mehr reiten konnte. Neben ihm saßen der Hauptmann von Gabelkoven, der sein Adjutant war, der Stabsquartiermeister Lindtner, der Kriegskassier sowie der junge Leutnant Ferenz Farkas.

Durch das Inntor (diese Skizze von F. W. Doppelmayr zeigt den Bauzustand des Jahres 1810) zog im Februar 1742 die von General v. Stentsch befehligte österreichische Truppenabteilung in den Markt ein, ohne auf Widerstand zu treffen.

Zufrieden konnte Goldegg dem Befehlshaber die Besetzung des Marktes Rosenheim melden, »ohne Unregelmäßigkeiten und ohne auf Widerstand gestoßen zu sein.«

Die Salzfertigerstochter Florentina hatte den Einmarsch aus der dem Tor gegenüberliegenden Ecke des Platzes mitverfolgt. Sie war schon beträchtliche Zeit allein zwischen den aufgeregt debattierenden Menschen auf und ab gegangen. Das Kommen der Österreicher hatte sie eher herbeigesehnt, als sie es fürchtete; irgend etwas sagte ihr, schon lange bevor die Kutsche mit dem General und seinen Begleitern durch das Tor rollte, daß Ferenz dabeisein würde.

Siebzehn Jahre war sie alt gewesen, als sie mit ihrem Vater auf einer Handelsreise einmal in Hall in Tirol Station machte. Der Salzfertiger war noch mit irgendwelchen Verhandlungen beschäftigt, und sie hatte sich einstweilen ein bißchen in der Stadt umgeschaut – und dabei diesen jungen ungarischen Soldaten getroffen. Er hatte sie nach einer hiesigen Gastwirtschaft gefragt – die er in Wirklichkeit durchaus kannte –, und sie hatte ihm keine Auskunft geben können. Er hatte darauf mit seinem fremden Akzent gefragt: »So du bist von auswärts? Erinnere mich auch nicht, dich schon gesehen zu haben hier.«

Und so waren sie ein bißchen ins Gespräch gekommen, ein Gespräch, nach dem jeder der beiden wußte, wann er am nächsten Tag wo sein mußte, damit es ein »rein zufälliges« Wiedersehen geben konnte.

Da der Salzfertiger häufig in der Innsbrucker Gegend Handel trieb, wurde das Treffen der beiden bald zu einer Regel, die freilich immer ein Schattendasein hinter dem Rücken von Vater Paulier führen mußte, der sein Töchterchen wie seinen Augapfel zu hüten gewohnt war.

Als gänzlich unmöglich stellte es sich dagegen heraus, die Liebschaft vor Ferenz' Kameraden von der Garnison Hall geheimzuhalten. Den jungen Ungarn traf bald so mancher neidische Blick wegen des schönen Mädchens, und sogar bei höheren Chargen waren Anzeichen einer gewissen Eifersucht nicht zu übersehen. Bis schließlich der Krieg dem jungen Glück ein vorläufiges Ende setzte...

Florentina hatte Ferenz sofort erkannt, als er in der Kutsche mit dem General auf den Platz fuhr. Ihr Herz klopfte so wild, daß sie meinte, alle Umstehenden müßten es sogar trotz des Lärms ringsum noch hören. Am liebsten wäre sie einfach über den Platz gerannt, in die Kutsche gesprungen und ihm um den Hals gefallen. Aber das war ja momentan beim besten Willen nicht möglich...

Jetzt entstieg der General der Kutsche. Große Ruhe trat ein über dem weiten Platze, und auch das ängstlich zusammengedrängte Marktvolk von Rosenheim schwieg wie in der Kirche.

In diese Stille hinein quäkte jetzt die Stimme des Generals: »Wo ist der Bürgermeister?«

Der erwiderte: »Ich bin's!« und hob die ungeschlachte Hand in die Höhe.

Darauf der General: »Wie heißt Er?«

Weil der Angesprochene die Frage nicht recht begriffen hatte, entstand eine Pause; in die hinein rief ein Marktschreiber: »Ruedorfer heißt er, Johann Jakob Ruedorfer!«

Nun legte der General los: »Ihr Gesindel! Wo sind die Geiseln, die Wir gefordert haben?«

Der Ruedorfer wagte zu antworten: »Allergnädigster Herr General...«

Doch der krächzte weiter: »Wir sind nicht allergnädigst, du Esel! Sondern Wir sind der General von Stentsch von Ihrer Majestät Maria Theresia, Erzherzogin von Österreich, Königin von Ungarn und Böhmen! Wir werden euch allen, wie ihr dasteht, pro nacktem Arsch zwanzig Stockhiebe verabfolgen lassen!«

Diese Drohung schlug auf die Marktvertreter ein wie ein Blitz. Es entstand eine Pause, in der einer den anderen fragend anschaute, gleich als wollte er seine eigene Antwort aus den Augen des anderen lesen. Schließlich aber ging einer nach dem anderen sachte in die Knie, und jeder winselte: »Gnade, Herr General!«

Das war für den eitlen Gecken ein Triumph, und er fuhr in seiner geharnischten Rede fort: »Ja, so seid ihr! Erst die große Gosch'n aufreißen, und dann zu Kreuze kriechen wie feige Hunde! Doch damit kommt ihr bei Uns nicht an! Entweder ihr rückt sofort hundert Maxdor heraus – oder der Marktflecken wird um und um gedreht wie eine verfilzte Pudelmütze!«

Da schlug der Bürgermeister Ruedorfer die Hände über dem Kopfe zusammen und rief: »Hundert Maxdor! Exzellenz, das sind ja 625 Gulden...«

Der General unterbrach ihn: »Soviel für den Anfang – für Uns persönlich! Dann für den Obristwachtmeister von Goldegg zweihundert Gulden, für den Obristwachtmeister von Greiffenberg und Unseren Baron von Gabelkoven je einhundert, für den Obristwachtmeister von Gumpp die Hälfte sowie zwei Rehschlegel und vier Bouteillen braunes Bier! – Kapiert, Herr Bürgermeister?« Den letzten Satz hatte er verletzend und mit spöttischem Tonfall gesprochen.

Nun ging auch der Ruedorfer in die Knie und rief mit gebrochener Stimme: »Exzellenz!«...

Doch der General holte aus und schlug ihn mitten ins Gesicht: »Halt Er 's Maul; oder Wir lassen Ihn sofort verprügeln!«

In diesem hochnotpeinlichen Augenblick trat der Hauptmann Josef Anton Lindtner militärisch an den General heran: »Hauptmann von Lindtner bittet Eure Exzellenz um ein Wort unter vier Augen!«

Der General erhob sich und ging mit dem Hauptmann ins hintere Eck der Schrei-Bank, wo sie, heftig gestikulierend, miteinander redeten.

Währenddessen unterhielten sich die vier anderen Offiziere laut miteinander. Über das unsterbliche Soldatenthema Nummer eins: die Weiber!

Sagte der Herr von Goldegg und deutete dabei verächtlich auf den Hauptmann hinüber: »Jetzt will der Lindtner unserem General offenbar begreiflich machen, daß der ungarische Leutnant Ferenz die Tochter vom Rosenheimer Salzfertiger Hals über Kopf heiraten muß.«

Erwiderte der Herr von Gabelkoven: »Muß er denn?«

Darauf der Goldegg: »Wird schon ordentlich hingelangt haben, der schwarze Ungar! Wär' ich um zwanzig Jahr' jünger, hätt' ich ihm das Mädel ausgespannt; da könnt ihr Gift drauf nehmen!«

»Mein lieber Goldegg«, entgegnete der von Greiffenberg, »das Weibsbild soll, wie sie sagen, Pfeffer im Hintern haben. Einer solchen hätt'st du alter fauler Sack niemals genügt!«

»Klarer Fall!« sagte der von Gumpp. »Für so was gehört ungarisches Blut her; wie's eben der Ferenz hat!«

Der Gabelkoven warf seine aufgeworfenen Lippen noch etwas mehr auf und feixte: »Auch ohne ungarisches Blut werden wir bald erfahren, was sich unter den Rosenheimer Röcken zart verborgen hält!«

»Aber was willst denn du, Gabelkoven! Dir is' doch a Faßl Wein im Keller allemal lieber als a Weibsbild im raschelnden Stroh!« Der Goldegg sprach's und machte eine verächtliche Handbewegung.

Damit war das instruktive Gespräch der vier höheren Offiziere jäh unterbrochen, denn der General Stentsch und der Hauptmann Lindtner nahmen ihre vorigen Plätze wieder ein.

Und der General wandte sich an die ängstlich dastehenden Ratsherren: »Nun, Bürgermeister, hat Er sich beruhigt? Merk Er sich für immer und ewige

Zeiten: Er ist ein Hohlkopf! Merk Er sich das ein für allemal: Bei Uns hat nur zu reden, wer gefragt ist und gefragt wird! Sonst kein Wort!«

Doch der Bürgermeister erhob seine Hände und bettelte: »Halten zu Gnaden, Exzellenz ...«

Der Herr von Stentsch schüttelte den Kopf und murmelte für sich: »Einfach unverbesserlich!« Und laut fuhr er fort: »Hör Er zu! Unser Leutnant Ferenz hat dem Drängen eurer Salzfertigerstochter nicht widerstehen können und will sie nun stante pede heiraten!«

Jetzt kam plötzlich Leben in die Schar der Ratsherren: »Welche von die viere?«

Stentsch trat zu Lindtner hin und wechselte mit ihm ein paar Worte. Dann rief er: »Die Florentina.«

Ein wildes Hin- und Hergerede begann: »Was? Die Florentina?«

»Dieses Luder!«

»Weiß Gott, man tät's ihr ned ansehen!«

Da mischte sich der Pfarrer mit ein: »Beherrscht euch, Leut'! Die Florentina ist kein Luder!«

»Aber ned weit weg davon!« rief einer von der Seite her.

Darauf donnerte der Hauptmann von Lindtner: »Wird nun endlich Ruhe da hinten?«

Sofort trat Stille ein, und der General sprach: »Ruedorfer, dem besagten Paar habt ihr von Amts wegen die Hochzeit auszurichten!«

Da nun erhob Anton Pleß, der Bräu und Gastgeb, seine kräftige Stimme: »Höhö, wieso wir? Fällt euch da nix Dümmeres ein?«

Der General stand von seinem Feldsessel auf: »Keine Widerrede! Wo Pfeffersäcke sind, gibt's auch Geld! – Hauptmann von Lindtner, sprecht weiter!«

Der junge Offizier zog einen Zettel aus seiner Uniform und reichte ihn Dadassouich, der ihn verlas: »Ihr habt in die Kuchel, woselbst die Hochzeit stattfinden wird, beizuschaffen: Vier Pfund Butter, acht Pfund Hechte, vier Pfund Huchen, desgleichen Schmalz und Krebse, ebenso Fleisch, Wildbret, Geflügel, Kaffee, Zucker, Gewürz und Brot und braunes Bier, sowie etliche Maß Tiroler, fünfundzwanzig Maß Österreicher und zwei Maß Branntwein!«

Da sah man den Ratsmännern an, daß ihnen sachte der Mut zu schwinden begann; sie schauten an ihren Nasen nieder, als hätten sie jegliches Gefühl verloren. Auch der General erkannte das und mäßigte seine Stimme ein wenig, als er fragte: »Bürgermeister, hat Er verstanden?«

»Und wie ich's verstanden hab'!«

»Mach Er kein so sauertöpfisch Gefrieß!«

»Nein, Exzellenz, ich lach' ja.«

Darauf wandte sich der von Stentsch an den Pfarrer, der mitten unter den Markträten stand: »Und Er, Schwarzrock, ist Er römisch oder lutherisch?«

»Römisch!« entgegnete der.

»Das wird sein Glück sein! Wir hätten Ihn ansonsten katholisch machen lassen!«

Der Pfarrer tat, als hätte er diese verhaltene Drohung des Generals nicht mitbekommen, und sprach: »Exzellenz, erlauben mir die Frage: Darf ich die beiden künftigen Eheleut' vorher allein sprechen? So will es die kirchliche Ordnung.«

Mit wohlwollend ausgestrecktem Arm entgegnete der andere: »Erlaubt! Er gehe hin und spreche mit ihnen!«

General von Stentsch war in seinem Herzen zufrieden. Er hielt sich zugute, zusammen mit seinem Gardehauptmann von Lindtner einen sauberen Faden eingefädelt zu haben. Noch niemand im Markt Rosenheim ahnte, was für ein Kleidungsstück damit genäht werden sollte …

Er stieg in den Sattel, ließ die Garde sich formieren und rückte mit der ganzen Soldateska ab ins Doppelhaus des Bräuwirts Anton Pleß. Hier hatten inzwischen drei Ordonnanzen alles für den Einzug des hohen Herrn vorbereitet.

Auf dem Marktplatz versammelte sich nun immer mehr Volk um den Pfarrer, denn der schien ihnen jetzt noch der einzige zu sein, der auf ihre hundert Fragen eine Antwort zu geben vermochte. Als sie gar nicht mehr aufhören wollten, ihn zu bestürmen, betrat er die kleine Schrei-Bank, worauf sie sich sofort beruhigten, weil es ihnen fast so vorkam, als hätte er in der Kirche die Kanzel bestiegen.

»Ihr lieben Mitbürger von Rosenheim«, sprach er, »ich bitt' euch, begehrt ja ned auf! Wir haben's da mit ganz wilden Gesellen zu tun.«

Sofort schrie der Pleß dazwischen: »Ja, soll'n wir uns denn von denen auf der Nas'n 'rumtanzen lassen? Jetzt, wo ich ihnen schon mein neues Haus überlassen hab'?«

Mit schulmeisterlicher Gelassenheit meinte da der Bürgermeister: »In dem Moment, wo eine feindliche Truppe in einen Markt oder eine Stadt einfällt, maßt sie sich alle Rechte an, alle! Wir anderen haben da nur noch zu katzbuckeln!«

»Dös woaß i' ned, ob's richtig ist!« rief der Duschl. »Denn je mehr daß wir uns g'fall'n lassen, desto mehr deckens' uns zu! Oder denkts ihr anderst?«

»Du Depp, du damischer«, fuhr ihn der Ruedorfer an, »was können wir denn gegen sie machen?«

Darauf der bedächtige Handelsmann Johann Danner: »Mit immer nur ›Ja, ja!‹ und ›Amen!‹ erreichen wir gar nix!«

»Was willst du denn schon erreichen, wenn sie dir bei jedem ungeraden Wort den Spieß oder den Katzbalger vor die Gurgel halten?«

Diesem Wort des Bürgermeisters pflichtete der Danner bei; aber der Pleß machte wieder sein ungehobeltes Maul auf: »Was einer erreichen will, das sollte ein Bürgermeister schon wissen!«

Darauf der Ruedorfer: »Mein Herr und Gott! Jetzt fangt der aa noch an! Kümmer dich lieber, daß du a anständig's Bier herbringst!«

Das barocke Rathaus des Marktes Rosenheim. Rekonstruierende Zeichnung von G. Henlein

Die Stimmung unter den Bürgern heizte sich mehr und mehr auf – gar als der Duschl, der den »damischen Deppen« von vorher noch nicht ganz verdaut hatte, kategorisch erklärte: »Wenn einer freilich so a Leimsieder is' wie unser Bürgermeister und immer bloß winselt und buckelt, der erreicht natürlich nix – ganz und gar nix!«

Das war dem Pfarrer zuviel, und er rief von der Schrei-Bank herunter: »Jetzt hört mit der sinnlosen Streiterei auf! Dafür ist unsere Lage viel zu ernst!«

Da geriet aber die gegenseitige Beschimpfung plötzlich in ein anderes Fahrwasser, weil der Brunnen- und Zimmermeister Johann Nepomuk Weixelbaumer ganz außer sich dahergerannt kam, auf den Pfarrer zu: »Stimmt das, Herr Hochwürden, die Florentina vom Salzfertiger will an Ungarn heirat'n?«

Der Pfarrer erwiderte gelassen: »Wir haben's auch so vernommen.«

Nun rissen die Marktfrauen und andere Redebeflissene das Gespräch an sich und bedachten den Pfarrer mit ihren gezielten Fragen – und dies meistens sehr schrill. Zunächst die Widtmannin: »Hat denn diese Florentina nix anderes im Sinn als a Ungarische zu werden? Akkurat jetzt im Krieg?«

Darauf der Pfarrer: »Wenn zwei Menschen zueinanderfinden, Widtmannin, ist es halt Gottes Wille!«

Dann ergriff – etwas lautstärker – die Baderin das Wort: »Aber ned der unsere, Hochwürden! Da sollten wir schon auch noch mitreden dürfen, was in unserm Markt vorgeht!«

Die Hebamme sekundierte: »Wia san denn die so schnell z'sammakemma? Da stimmt doch was ned! Da steckt doch mehra dahinter – oder?«

Der Pfarrer: »Das wißt Ihr als Hebamme besser als ich! Die Liebe geht halt oft seltsame Wege...«

Die Hebamme gereizt: »Dös braucht Ihr mir ned sag'n, Hochwürden! G'rad' deswegen g'fällt mir de Sach' gar ned!«

Abermals keifte die Widtmannin: »Mir scheint, de is' vom rechten Weg abkemma! Statt daß sie schaugt, wie wir die Österreicher wieder loswerd'n, steigts' dem Ungarn nach – de Hur'!«

Jetzt war's ausgesprochen, das Wort, das allen schon auf der Zunge gelegen hatte. Darum erhob sich auch ein allgemeines Murmeln der Zustimmung unter den Frauen.

Der Pfarrer jedoch rief entrüstet über ihre Köpfe hinweg: »Widtmannin, ich bitt' dich! – So beherrschts euch doch, Leut'!«

Darauf schrie eine Häuslerin: »Da is's mit'm Beherrschen nimmer weit her! Bei jeder Mess' predigt der Pfarrer vo' de' guaten Sitten und daß ma an anständig's Leben führ'n sollen, alle miteinand auf Erden. Aber wenn's drauf ankommt, dann halt' er zu dem Mensch, dem elendigen!«

Dieser Angriff auf den Pfarrer war dem Bürgermeister zuviel: »Ederin, halt di' z'ruck!« rief er. »Der Pfarrer hat recht! Wir müssen Ruhe bewahren. Das Schicksal unseres Marktes geht vor. Die zwei jungen Menschen soll'n heirat'n, wenns' wollen!«

Nun machte sich der Brunnenmeister wieder stark: »Wenn's bloß das Heirat'n wär', taat's mir wurscht sein; aber wie's jetzt hoaßt, soll'n wir aa noch die Hochzeit mit unsere Steuern ausricht'n...«

Die Baderin unterbrach ihn: »Und hinter uns Weiberleut' werdens' bald her sein wie der Teufel hinter der armen Seel'!«

Genüßlich meinte da der Pfarrer, indem er ihr seine Hand sanft auf den Arm legte: »Baderin, über dir wird der liebe Gott schon einen besonderen Schutzengel fliegen lassen!« Sie hatte nämlich ein ganz unschönes Gesicht.

Der Weixelbaumer aber gab keine Ruhe: »Wir müss'n da was unternehma! Dös derf doch ned sein, daß die Florentina den Ungarn heirat'!«

Nach einer Weile meinte der Bürgermeister: »Derf ned sein, sagst du. Wie aber sollen wir die Hochzeit verbieten? Wenn's der General so wünscht? Sollen wir mit offener Brust ins Messer laufen?«

Da spuckte die Hebamme weithin hörbar aus: »A Schand' is's, und ihr hohen Herren vom Rat stehts da und schauts dumm aus der Wäsch'. Was is', wenn die Florentina dem Ungarn auf d'Letzt das Salzversteck verrat'?«

Als das Wort »Salzversteck« gefallen war, wurde es unter der Menge fast ganz still. Die Marktleute schauten einander ängstlich an. Schließlich sagte der Pfarrer mit gedämpfter Stimme: »So weit wird's ned kommen. Sie hat a Ehr' im Leib, ich kenns', die Florentina!«

Doch der Weixelbaumer wollte das letzte Wort haben; er trumpfte auf: »Wer an Ungarn heirat', hat koa Ehr' im Leib!«

Abermals erhob sich in der Menge ein rechthaberisches Gerede, bis einer plötzlich rief: »Aufhören! Sie kommen schon wieder!«

Tatsächlich nahten vom Tor her die drei Obristwachtmeister mit dem Hauptmann Lindtner und dem Leutnant Farkas. Da sagte der Bürgermeister verhalten: »Wir ziehen uns zurück, bevor der Hauptmann noch eine Litanei von Extrawünschen hat!«

Und schon zerstreuten sie sich nach allen Seiten...

Die fünf hochrangigen Soldaten verlangsamten ihre Schritte. Der General Stentsch hatte sie ausgeschickt, sich zu zeigen; denn nur wenn der kleine Mann, der Zivilist, die bewaffnete Macht vor Augen habe, sei er bereit, sich ruhig zu verhalten und den erforderlichen Respekt zu bekunden! Und überhaupt, dieses bayerische Volk habe dicke Schädel und könne nur durch die Knute im Zaum gehalten werden...

Als jetzt die Leute vor ihnen davoneilten, sahen die Herren keinen Grund mehr, sich auf den Marktplatz zu begeben oder sich gar länger dort aufzuhalten – noch dazu bei dieser Kälte. Sie kehrten also langsam wieder in das Pleßsche Doppelhaus zurück und berichteten dem General. Der sah nun freilich auch keinen Grund, die Herren zum Durchhalten auf der Gasse aufzumuntern, zumal die Ordonnanzen gerade dabei waren, ein Fäßlein Südtiroler Wein anzustechen. Er beschloß daher, mit ihnen den reibungslosen Einmarsch in Rosenheim festlich zu begehen.

Ehe sie sich jedoch endgültig in die Becher vertieften, entschloß er sich, ihnen den Sachverhalt dieses ihres Kriegszuges zu erklären, denn er hatte bereits wiederholt wahrgenommen, daß sie vor allem über die Gründe ihres Einfalls in Bayern nicht viel wußten.

»Es ist«, so begann er, »unbedingt erforderlich, daß der höhere Offizier weiß, wozu ein Krieg geführt und wozu der kleine Mann von der Gasse gepeinigt und gepiesackt wird. Denn nur wenn er das weiß, kann er seine Männer zu militärischer Disziplin und heldischen Taten anstacheln. Dieser Krieg wird von unserer allerhöchsten Königin Maria Theresia gegen Bayern geführt, weil sich der bayerische Kurfürst Karl Albrecht vermessen hat, die Kaiserkrone des Heiligen Römischen Reiches Deutscher Nation zu beanspruchen und sich in Frankfurt krönen zu lassen.«

Da erhob sich der Freiherr von Gabelkoven; er nahm stramme Haltung an und fragte, wieso der Kurfürst auf diesen aberwitzigen Gedanken gekommen sein könnte.

Auf diese Frage schien der von Stentsch geradezu gewartet zu haben, denn nun schoß er los: »Meine Herren, nur wegen eurer Jugend ist euch diese Unwissenheit nachzusehen. Als nämlich Seine Majestät, unser Herr Kaiser, der sechste Karl, sein Lebensende kommen sah, bestimmte er mangels eines Sohnes seine Tochter Maria Theresia – unsere jetzige Herrscherin – zur Nachfolge. Dabei berief er sich auf das Testament Kaiser Ferdinands I., in welchem zu lesen ist, daß im Falle des Aussterbens *männlicher* Nachkommenschaft in der Linie die *weibliche* sukzedieren solle. Dies aber wird von den Bayern bestritten, weil sie dieses Testament als eine Fälschung betrachten: Für das ursprüngliche Wörtchen *ehelich* sei das Wort *weiblich* eingeflickt worden.«

Wieder erhob sich der Gabelkoven: »Was ist nun die Wahrheit, Herr General?«

Der von Stentsch zuckte mit den Achseln: »Lieber Freund, Eure Frage hat schon vor mehr als tausendsiebenhundert Jahren der römische Prokurator Pontius Pilatus an unseren Herrn Jesus gestellt: Was ist Wahrheit? Und ich glaube, die Frage ist nicht so ohne weiteres zu beantworten. Dafür aber lese ich euch, meine jungen Herren, einen Schrieb aus den ›Frankfurter Relationen‹ vor. Darin heißt es unter anderem:

»Wir beklagen die würdige Königin Maria Theresia, ohne daß wir noch eigentlich sagen könnten, auf welcher Seite das meiste Recht sei. Die Beweisführung, womit das Haus Bayern seine Rechte unterstützt, hat ihre Stärke und scheint zunächst überzeugend zu sein; sobald man aber wieder die Schriften von Wien zu lesen bekommt, kann man kaum umhin, ihnen Beifall zu geben.«

Abermals stand der Gabelkoven auf, bat um das Wort und sprach: »Da stehen wir nun mittendrin und wissen nicht, für wen wir Rechtens unser Blut vergießen: für Königin Maria Theresia oder für Kaiser Karl VII. Albrecht!«

Jetzt erhob sich auch der General – und all die anderen mit ihm. Hart und feierlich sagte er: »Obristwachtmeister Freiherr von Gabelkoven, Ihr erhaltet eine Belobigung! – Setzen!«

Alle setzten sich und saßen wie angegossen.

Der General aber las weiter:

»Wir glauben, daß es gewisse Fälle gebe, da das Erbrecht, worüber gestritten wird, nicht wohl einem Teil allein kann zugesprochen werden und wo ein Vergleich mehr als ein Rechtsspruch die natürliche Billigkeit retten kann. Wir glauben auch, daß es erlaubt sei, in solchen Fällen, wo um das Erbrecht der größten und wichtigsten Staaten in der Welt gestritten wird, zugleich auf die allgemeine Sicherheit der christlichen Staaten ein vernünftiges Augenmerk zu richten.«

Der General legte die »Relationen« weg und erhob seinen Becher: »Wir trinken also auf Kaiser Karl VII.! Wir trinken auf Königin Maria Theresia, für die wir kämpfen!«

Welch ein Trinkspruch!

Die unter den jungen Herren eingetretene Starre dauerte eine erkleckliche Weile, bis daß der General die Stille unterbrach und fragte: »Wie steht es nun mit der ungarisch-bayerischen Hochzeit?« Dabei schaute er scharf auf den Hauptmann von Lindtner.

Der nun faßte – wie es militärisch hieß – den Leutnant Ferenz Farkas ins Auge und sprach: »Ferenz, ich habe es dir doch schon x-mal gesagt und predige es jetzt noch einmal: Du heiratest die Salzfertigerstochter und tust ihr vierzehn Tage oder drei Wochen schön, bis du von ihr erfahren hast, wo die Rosenheimer ihre Salzfässer versteckt haben!«

Der schaute erst ringsum auf die hohen Herren und erwiderte dann mit seinem starken ungarischen Akzent: »Ist das ein Befehl?«

Ärgerlich antwortete der Goldegg: »Das ist ein Befehl vom Herrn General!«

Der Hauptmann fuhr fort: »Sobald du's weißt, meldest du mir's, und ich veranlasse, daß du ohne Verzug von unserer Truppe wegkommst.«

»Bei Nacht und Nebel wirst du verschwinden!« bekräftigte der von Greiffenberg. »Und wenn wir dich aus dem Ehebett herausziehen müßten!«

Darauf der Ferenz: »Und wenn Florentina kriegen ein Kind?«

Der von Lindtner: »Du Schafskopf, bevor die Florentina das merkt, bist du weg über alle Berge!«

»Und Frau und Kind muß ich lassen hier? Und muß weg sein über alle Berge?«

Hart erwiderte der von Goldegg: »Mensch, bist du blöd! Sollen wir denn Frau und Kind im Regiment mitschleppen?«

Schlagfertig antwortete der Leutnant: »Sind aber doch andere Frauen auch in Armee!«

Beherrscht entgegnete der von Gabelkoven: »Stimmt! Aber nur, solange nicht gekämpft wird! Haben wir aber einmal Feindberührung, werden Weiber und Kinder heimgejagt! Hast du das etwa vergessen, Ferenz?«

»Zu Befehl!« sprach er, weil er nichts anderes zu sagen wußte.

»Na also, mein lieber Ferenz!« Der von Lindtner klopfte ihm dabei auf die Schulter. »Und dann werde ich veranlassen, daß du für heldenhaftes Verhalten belobigt wirst…«

Da sagte der Ungar nochmals: »Zu Befehl!«

Plötzlich klopfte es an der Tür; eine Ordonnanz trat ein: »Der Pfarrer von Rosenheim will den Bräutigam sprechen!«

Sofort erhoben sich der Ferenz, der von Lindtner und der Herr von Goldegg; sie salutierten und gingen hinaus.

Der Pfarrer Franz Ruedorfer war über das Erscheinen gleich dreier Herren fast ein wenig betroffen und fragte kurz: »Erlauben, meine Herren, daß ich mich erkundige, wann die vom Herrn General verlangte Hochzeit stattfinden soll.«

Der von Lindtner trat auf ihn zu und entgegnete: »Nur keine ungezähmte Hast, mein lieber Kuttenträger! Der Bräutigam steht zwar schon da, aber die Braut soll – wie man vernommen hat – noch angezogen werden.«

Darauf wandte sich der Pfarrer an Ferenz: »Ihr wollt also die Tochter unseres Salzfertigers heiraten? Eigentlich müßten wir erst das sogenannte Aufgebot machen...«

Heftig unterbrach der von Goldegg: »Papperlapapp, in Kriegszeiten wird davon dispensiert. Verstanden?«

Weil es um ihn ging, glaubte Ferenz auch etwas sagen zu müssen; deshalb erwiderte er kurz: »Is' mir wurscht, ob mit Aufgebot oder ohne Aufgebot. Wichtig is' Florentina!«

Der Pfarrer versuchte sein Ansuchen zu mildern und meinte: »Das kann ich verstehen, wenn zwei Menschen Hals über Kopf aufeinander zugehen. Mir soll's recht sein! Erlauben die Herren Offiziere, daß ich mit dem Herrn Leutnant die Hochzeit kurz bespreche?«

Während er nun mit dem Bräutigam wegging, rief ihnen der Hauptmann von Lindtner noch nach: »Ferenz, denk ans Vaterland!«

Eine Soldaten-hochzeit

Hinter dem Tor, auf der Innseite, wohnte die Näherin. Zu der war der kurfürstliche Salzfertiger Peter Paulier mit der Tochter Florentina wegen des Brautkleides gerade unterwegs.

Die beiden befanden sich in einem recht hitzigen Diskurs:

»Florentina, warum tust du uns das an? Hast du den Verstand verloren?«

»Vater, bitte versteh! Ich habe den Ferenz gern!«

»Hast du denn keine Ehr' im Leib? Einen Ungarn zum Mann nehmen, noch dazu im Krieg! Was werden die Leut' von uns denken?«

»Wenn's keinen Krieg gäb', Vater, tät' mir das Heiraten keiner verübeln!«

»Es ist aber halt einmal Krieg, den die ungarische Königin hat anzetteln lassen gegen unser kurfürstlich' Land!«

»Ich bitt' dich, Vater, halt doch den Krieg und die Lieb' auseinander!«

»Das geht ned in der schrecklichen Zeit, wo z'wegen dem Österreicher unser Bayern in Schutt und Asche versinkt!«

»Aber der Ferenz ist genausowenig am Krieg schuld wie wir alle! Er ist gemustert word'n, seine Königin hat g'rufen, und der Ferenz hat eben pariert. Er hat's mir g'sagt. Vater, er is' a ehrlicher Mensch! Ich kenn' ihn schon länger!«

»Wie lange?«

»Seit ich vor fünf Jahr' mit dir immer ins Innsbruckische 'nüberg'fahren bin, zum Salzhandel. In Hall hab' ich ihn kenneng'lernt – einquartiert war er dort, der Ferenz.«

»So lang kennst du ihn schon und hast mir's verschwieg'n!«

»Ja, Vater, so lang kenn' ich ihn! Jed'smal, wenn's geheißen hat, wir fahr'n nach Innsbruck, hat mir 's Herz bis zum Hals 'naufg'schlag'n. Und jetzt is' er halt da! Der Herrgott hat's g'richt't.«

»Besser waar's, der Herrgott taat an Frieden richten! – Willst, daß d' Leut' den Schnabel über uns wetz'n?«

»Die Leut' reden so oder so…!«

Das Zwiegespräch zwischen Vater und Tochter wurde unterbrochen, weil der Pfarrer daherkam. Sie begrüßten sich, und der Pfarrer sagte: »Bin g'rad' auf dem Weg zu dir, Florentina! Und ich muß dir schon sag'n: Die Leut' red'n arg ungut über dich. Ich weiß ned, was ich von der ganz'n Sach' halten soll. Hast du dir das gut überlegt, diese Heirat mit dem ungarischen Leutnant?«

»Ja, Herr Pfarrer, ich gehör' zum Ferenz!«

»Der Leutnant hat mir g'rad' g'sagt, er kennt dich schon lange. Stimmt das?«

»Ja! Zu Hall in Tirol hab' ich ihn kenneng'lernt vor gute fünf Jahr'.«

Darauf der Vater: »Des is' koa Grund, daß du ihn so schnell heirat'n mußt! Ich möcht' wissen, was dein Vater selig dazu sagen taat!«

Mit dieser Erinnerung an ihren leiblichen Vater, den Florentina kaum gekannt hatte, war der Paulier in ihrem Herzen auf eine sehr empfindliche Stelle gestoßen, weshalb denn auch der Pfarrer den Salzfertiger sofort zur Ordnung rief mit dem kurzen Satz: »Peter, laß die Toten in Frieden ruhn; denk an die Lebenden!«

Doch der glaubte, sich rechtfertigen zu müssen, und entgegnete – mehr an die junge Frau gewandt: »Hab' ich denn ned eine Verpflichtung gegenüber meiner Stieftochter? G'wiß, du bist ned mei' Fleisch und Blut, aber ich mag dich wie mei' eigen Kind; dei' Schicksal is' auch das meine!«

Gewandt erwiderte Florentina: »Der Vater selig hat mit Österreich, mit den Ungarn, den Böhmischen und den Welschen Handel getrieben. Der Ferenz wär' ihm ned fremd gewesen!«

Nun versuchte der Pfarrer den Salzfertiger zu beruhigen: »Peter«, sagte er, »ich hab' mit dem Herrn Leutnant persönlich gesprochen; er hat gemeint, daß er die Florentina gern hat, sehr gern!«

»Und wenn er's ned ehrlich meint und nur spielt?«

Rasch trumpfte die junge Frau dagegen: »Der Ferenz ist ehrlich! Wenn hier falsch g'spielt wird, dann sind's die anderen!«

Der Salzfertiger spürte, daß seine Stellung brüchig wurde, und entgegnete kleinlaut: »In unserner verlog'nen Zeit is's aber ned leicht, ehrlich zu handeln!«

Da winkte der Pfarrer ab: »Laß's gut sein!«

Darauf Florentina: »Vater, ich bitt' dich: Gib uns halt deinen Segen!«

Und der Pfarrer: »Na, was is', Peter? Manchmal is's ned des Schlecht'ste, wenn ma' über sein' eignen Schatten springt – meinst ned?«

»Laßts mir doch mei' Ruah!« gab der Salzfertiger zurück. »Manchmal wird's ein'm schon recht schwer g'macht, den eignen Schatten zu seh'n – wenn d' Nacht hereinbricht und wenn ma' den Weltuntergang spürt…«

Der Pfarrer bemühte sich, ihn zu beschwichtigen: »Soweit is's no' ned! Peter, der Herrgott läßt immer noch seine liebe Sonne scheinen auf dich und auf das junge Glück! Was is' also?«

»Wenn's denn sein muß: in Gotts Namen! Werd glücklich mit dein'm Ungarn!«

Der jungen Frau trat schüchtern eine Träne in die Augen: »Ich dank' dir, Vater!«

Strahlend ging die Sonne hinter den Chiemgauer Bergen auf. Die Kälte war gebrochen; die Vögel zwitscherten munter, und ein Geruch von Frühling und offener Erde lag in der Luft.

Einige von den Gästen, die zur Hochzeit zwischen dem ungarischen Leutnant Ferenz Farkas und der

Rosenheimer Salzfertigerstochter Florentina geladen waren, standen bereits vor der Kirche beieinander und unterhielten sich. Trotz des lebhaften Gesprächs lag eine gewisse Feierlichkeit über der Szenerie; es fiel kein lautes oder unbedachtes Wort. Gar, als sich jetzt der Pleß, der Bürgermeister, der Hauptmann von Lindtner und der Freiherr von Gabelkoven mit dem Ferenz zu ihnen gesellten.

Endlich kam auch die Braut Florentina, festlich gekleidet, in Begleitung ihres Ziehvaters und zweier Kranzljungfern, während Ferenz ihr entgegenging.

Die Braut blieb stehen und neigte den Kopf. Eine der beiden Jungfern drückte ihr ein Kränzlein ins Haar.

Da stand sie nun in ihrem herrlichen Brautkleid und drehte sich selbstbewußt den nach und nach zusammengeströmten Gaffern zu. Diese waren von ihrem Liebreiz offensichtlich überrascht, so daß das giftige Gemurmel über die »Verräterin«, das schon wieder anheben wollte, schnell wieder abebbte.

Die Hochzeitsgesellschaft begab sich nun in die Kirche, wo die feierliche Trauungszeremonie begann. Der Pfarrer stellte sich im festlichen Ornat hinter den Betstuhl, während sich das Brautpaar davor niederkniete.

»Mein liebes Brautpaar«, begann der Geistliche, »ihr wißt, was es heißt, in den Bund der Ehe zu treten. Ihr sollt einander lieben, einander in guten und bösen Tagen beistehen, einander achten und ehren und euch in unverbrüchlicher Treue gegenseitig zugetan sein. Wollt ihr das?«

Beide antworteten: »Das wollen wir!«

Der Pfarrer fuhr fort: »Wollt ihr auch, wenn der Herrgott euch Kinder schenkt, diese in Gottesfurcht erziehen und alle Nöte und Gefahren von ihnen abhalten, soweit euch der Himmel die Kraft dazu gibt?«

»Das wollen wir!«

»Dann reicht einander die Hände und sprecht mir nach!« Der Pfarrer wandte sich dem Ferenz zu: »Ich, Ferenz, will dich, Florentina, allezeit lieben und dir treu sein bis an mein selig Ende!«

Und dann, zu Florentina gewandt: »Ich, Florentina, will dich, Ferenz, allezeit lieben und dir treu sein bis an mein selig Ende!«

Dann schlang der Pfarrer die Stola um ihre vereinten Hände und sagte laut: »So segne ich euren Ehebund im Namen des Vaters, des Sohnes und des Heiligen Geistes!«

Darauf erwiderten beide ebensolaut: »Amen!«

Die Hochzeitsgesellschaft verfügte sich nun in die Gastwirtschaft von Martin Schmetterer, wo bereits die Hochzeitstafel gedeckt war. Während die Musikanten einen Marsch spielten, wurde von einer Dienerschaft das Hochzeitsmahl, wie es befohlen worden war, aufgetragen, und die Gäste – auch die Soldaten – fielen sofort darüber her.

Als der erste Hunger gestillt war, erhob sich der Hauptmann Josef Anton Lindtner von Cron und Kolbathurm, hustete sich einen Anflug von Verlegenheit aus der Kehle und sprach: »Wenn wir diese beiden glücklichen Brautleute genauer betrachten, dann will uns scheinen, als seien sie das getreue Abbild der Länder, aus denen sie stammen. Er – ein österreichischer Ungar, sie – ein stattliches Deandl aus dem bayerischen Oberland. Und sie haben sich jetzt zu liebender Zweisamkeit verbunden...«

Da schnarrte der von Gabelkoven: »Gut, deine Rede, Hauptmann von Lindtner, sehr gut!«

Der ließ sich jedoch nicht aus der Ruhe bringen und sprach weiter: »Mögen aus dieser Verbindung viele Kinder und Enkel hervorgehen – zum Wohle unserer durchläuchtigsten ungarischen Königin Maria Theresia, auf die wir jetzt ein gemeinsames ›Hoch!‹ ausbringen möchten!«

Das »Hoch!« kam sparsam aus den Kehlen der Gäste und wurde schließlich unterdrückt, weil der Pleß laut dazwischenredete: »Einen Augenblick, liebe Hochzeitsgesellschaft, einen Augenblick! Da hat der Herr Hauptmann von Lindtner soeben von einem ›österreichischen Ungarn‹ und von einem ›Deandl aus dem bayerischen Oberland‹ gesprochen. Und er hat das Brautpaar als Vorbild für die Verbindung von Bayern und Österreich hingestellt. Dagegen wär' nix zu sagen, wenn's ehrlich g'meint wär'! Wenn's aber bloß darum gehen soll, daß der ›österreichische Ungar‹ aus dem ›bayerischen Deandl‹ herausfinden soll, wie's bei uns ums Salz bestellt ist, dann stoß' ich vorderhand noch ned an! Und mein'n g'stifteten Bierbanzen laß' ich auch noch ned daherrollen. Denn wie's aussieht, soll'n wir alle miteinand bloß geschröpft werden – und nix anderes!«

Nach diesen ausdrucksstarken Worten sprangen der von Lindtner und der von Gabelkoven auf und waren drauf und dran, auf den zufrieden grinsenden Bräu loszugehen.

Der Pfarrer ging beschwichtigend dazwischen: »Wer wird denn bei einer Hochzeit, wo alles sich freuen soll, ein politisches Geplänkel anfangen! Amüsieren wir uns doch mit dem Brautpaar, weil der Markt Rosenheim uns so großzügig hier zu Gaste geladen hat! Danken wir dem Bürgermeister, der sicher mit einem lachenden und einem weinenden Auge in die eisenbeschlagene Geldkiste gegriffen hat, denn einem Bürgermeister langen ja die Finanzen nie! Und seien wir friedlich! Wie soll denn ein Brautpaar glücklich werden, wenn schon an der Hochzeitstafel die Messer zu gegenseitiger Herausforderung gewetzt werden!«

Applaus und allgemeine Zustimmung quittierten diese pfarrherrlichen Worte – worauf sich der Bürgermeister erhob: »Liebes Brautpaar, liebe Gäste! Gestattet, daß auch ich noch ein Wort zur Sache sage, obzwar mir gar nicht danach zumute ist! Denn es will mir einfach ned eingehn, daß unsere schöne Braut, die Florentina, die Absicht haben soll, gewisse Angelegenheiten aus unserem Markte zu verraten…«

Da war es, als hätte einer den Herrn von Lindtner von hinten sehr empfindlich gestochen. Er fuhr auf: »Wer sagt das?«

Doch der Ruedorfer bewies eine erstaunliche Kaltblütigkeit: »Verehrter Herr Hauptmann von Lindtner, gewisse Dinge pfeifen die Spatzen von den Dächern…«

Jetzt fing der von Gabelkoven an zu brüllen: »Bürgermeister, Er verkennt die Lage Seines Ortes! Wir sind nicht gekommen, euch Rosenheimern Pomade um den Bart zu streichen, sondern euch daran zu erinnern, daß euer Land Bayern ein verräterisches Land ist und deshalb – hört gut zu! – unter die Knute genommen werden muß!«

Der Hauptmann ergänzte: »Uns will gar scheinen, Ihr seid dabei, diese Tatsache zu vergessen!«

Mit erstaunlicher Festigkeit erwiderte der Bürgermeister: »Mein Herr, wir tragen den gegebenen Umständen Rechnung; aber zur Schnecke drehen lassen wir uns nicht!«

Ruckartig erhoben sich die anwesenden Offiziere, und der Freiherr von Gabelkoven sagte brüsk: »Darüber wird noch zu reden sein!« Dann verließen sie die Wirtsstube…

Zunächst herrschte ringsum betretenes Schweigen. Bald aber hatte sich der Bürgermeister wieder gefaßt und wandte sich an den Leutnant Farkas, den Bräutigam: »Und Ihr? Müßt nicht auch Ihr aufstehen und Euren gestrengen Herren Offizieren auf dem Fuße folgen?«

Der hatte den Getränken bereits wacker zugesprochen und entgegnete kurz: »Muß nicht! Muß bei Braut bleiben! Muß Florentina lieben!«

Diese Bemerkung löste einen gemessenen Beifall aus, und Florentina erhob sich an der Seite ihres Mannes: »Liebe Gäste! Mein Ferenz hat mich gebeten, euch allen in unser beider Namen zu danken, von Herzen zu danken! Es hat vielleicht den Anschein, als sollte ich von ihm ausgehorcht werden – zum Schaden von Rosenheim. Ich bitt' euch, vertraut mir! Ich weiß, was ich meiner Heimat schuldig bin!«

Die Gäste quittierten diese Rede mit teils anerkennendem, teils skeptischem Gemurmel, während sich der Bürgermeister Ruedorfer von den einzelnen Gästen, zuletzt vom Brautpaar, verabschiedete.

Als er gegangen war, ergriff der Brautvater das Wort:

»Meine lieben Leut'! Die Florentina ist von mir rechtschaffen erzogen worden und hat ein sauberes Gewissen. – Auch ich dank' euch und wünsch' noch einen guten Tag!«

Die Musikanten spielten ihm einen flotten Marsch nach…

Es muss etwas geschehen

Seit der Hochzeit zwischen dem ungarischen Leutnant Ferenz Farkas mit der Rosenheimer Salzfertigerstochter Florentina waren etliche Monate ins Land gegangen. Der Herbst hatte das Laub der Bäume bunt gefärbt, und die Nebelschwaden, die vom Inn her aufstiegen, hüllten den Markt oft noch zur Zeit des Mittagläutens in undurchdringliches Grau.

Längst ist der Großteil der Soldaten, die im vergangenen Winter in den Häusern der wohlhabenden Rosenheimer Quartier genommen hatten, abgezogen; nur eine winzige Besatzung, die der Bürgerschaft weiters nicht zur Last fällt, ist zurückgeblieben. Zu ihr gehört auch Ferenz Farkas, dessen Gattin Florentina von einigen Rosenheimern immer noch etwas schief angesehen wird…

Überhaupt will es fast so scheinen, als ob der Marktflecken am Inn die Österreicher nicht mehr besonders interessierte, seit die Residenzstadt München gefallen ist. So jedenfalls mochte sich mancher Rosenheimer die Ruhe erklären, die den ganzen Sommer über geherrscht hatte. Und der General von Bernklau, der zu München Stadtkommandant für seine Königin Maria Theresia ist, hat sogar in einem eigenhändig geschriebenen Schutzbrief versprochen, den kurfürstlichen Markt Rosenheim künftighin »mit

Rauben, Stehlen, Plündern und anderen Exzessen« zu verschonen.

Doch so gleichgültig, wie es die Rosenheimer im stillen hoffen, sind sie Ihrer Majestät, der Herrscherin von Österreich, Ungarn und Böhmen, auch wieder nicht. Denn noch immer ist es nicht gelungen, das Versteck zu finden, in dem die reichen Handelsherren ihre beträchtlichen Salzvorräte lagern. Auch die Kriegslist, die General von Stentsch auf Empfehlung seines Stabsquartiermeisters Lindtner eingefädelt hatte, hat sich als ein Schlag ins Wasser erwiesen, und so befaßt sich der tapfere alte Soldat nun, wegen Unfähigkeit abgesetzt, am Neusiedler See mit Schweinezucht.

So trifft an einem grauen Oktobertag des Jahres 1742 eine Nachricht ein, die bei den nichtsahnenden Rosenheimern wie ein Blitz aus heiterem Himmel einschlägt: Eine feindliche Abordnung unter dem Kommando des ungarischen Obristwachtmeisters Baron von Schlangen ist im Anmarsch auf den Markt...

Die Marktleut', die die Neuigkeit gehört hatten, machten traurige Gesichter, schwiegen und beeilten sich, in ihre Häuser zu kommen und das Notwendige, das ihnen die Stentschschen Truppen noch gelassen hatten, vor der Raubgier der neuen Feinde einigermaßen zusammenzupacken und in Sicherheit zu bringen.

Am anderen Morgen ritten sie dann ein: der Obristwachtmeister Baron von Schlangen mit seinem Adjutanten, dem Grafen von Gorani, sowie einigen Offizieren und Mannschaften zu Fuß. Sie gruppierten sich um die große Schrei-Bank. Und wieder kamen der Bürgermeister und der Pfarrer vom Rathaus her, um den ersten Auftritt des Barons zu beobachten. Sie hielten sich aber entfernt, während die Belagerungsoffiziere, nämlich die Herren von Gumpp, von Goldegg, von Greiffenberg, von Lindtner und der Leutnant Farkas von der anderen Seite an die Schrei-Bank herankamen.

Sagte der Baron vom Roß herab: »Die Herren Belagerungsoffiziere zu mir! Tout de suite!«

Erwiderte der von Goldegg: »Offiziere des Graf-Daunischen Regiments Ihrer Majestät – wie befohlen!«

Der Baron von Schlangen schaute jeden der Herren scharf an: »Wir sind enttäuscht von eurer Unfähigkeit, die Rosenheimer Pfeffersäcke in die Knie zu zwingen. Ihre Majestät hätte gut daran getan, die Herren Offiziere ebenfalls abzulösen und zu degradieren! Leutnant Farkas, hat Er seine vaterländische Pflicht vergessen? Ist der Auftrag Ihrer Majestät nur in den Wind gesprochen? Nun, wo ist das Ergebnis, Monsieur?«

Der von Greiffenberg erwiderte sachlich: »Exzellenz, es ist nicht leicht, das verstockte Volk der Rosenheimer zum Reden zu bewegen. Wir bitten um Verständnis!«

»Bitten um Verständnis! Mon Dieu! Wien blickt auf Rosenheim – und die Herren bitten um Verständnis!« Und zu Ferenz sagte der Baron: »Leutnant, Er soll nicht mit dem Volke, sondern mit Seinem Weibe reden! Es steht in diesem Punkt nicht zum besten mit Ihm! Jede Geduld hat ein Ende! Verstanden?«

Der Leutnant riß sich zusammen: »Zu Befehl, Exzellenz!«

Der Baron salutierte lässig: »Dann an die Arbeit, meine Herren!«

Nach diesem sehr milden obristwachtmeisterlichen Abreiber zogen sich die Offiziere dahin zurück, von wo sie gekommen waren.

Darauf wandte sich der Baron an das herandrängende Volk: »Horcht her, ihr schändlichen Rosenheimer! Weil ihr Unserem Vorgänger, dem General von Stentsch, euer Salz verweigert habt, habt ihr ihm gleichzeitig das Genick gebrochen. An seine Stelle und zur Erfüllung seiner Aufgaben sind jetzt Wir gekommen. Wenn ihr nun glauben solltet, daß ihr auch Uns hinters Licht führen könnt, dann bleibt euch der Schnabel sauber! Auch Wir haben etliche Stockmeister mitgebracht, mit eisernen Ruten; und getröstet euch, ihr werdet bald lernen, was stammeln und stöhnen heißt!«

Nun trat aus der neugierigen Menge der Pfarrer heraus und wandte sich an den Baron: »Halten zu Gnaden, Exzellenz, die Rosenheimer Bürgerschaft ist nicht auf der Brennsupp'n dahergeschwommen! Wir wissen um unsere Rechte!«

Ein Marterl aus Oberaudorf erzählt von einer Begebenheit aus der Rosenheimer Gegend im Jahr 1743: Ein verwundeter bayerischer Soldat fällt in die Hände der Österreicher und wird mitleidlos umgebracht.

Der Baron brüllte wie ein Jochstier: »Einen Dreck wißt ihr! Wer das Schwert führt, hat die Macht! Rosenheim steht unter Kriegsrecht – und das Kriegsrecht sprechen *Wir*!«

Der Pfarrer: »Ja, ist denn die ungarische Königin Maria Theresia so erbärmlich dran, daß sie unseren Markt wegen etlicher Fuder Salz mit Waffengewalt und Krieg überziehen muß?«

Da glaubte der ungarische Graf Johann von Gorani, ein Hauptmann, auch mitreden zu müssen, denn er war ja schließlich der Adjutant: »Pfarrer«, sagte er, »Wir werden dich auspeitschen lassen wegen deiner Widerrede!«

Doch der Pfarrer ließ sich nicht einschüchtern: »Wir werden uns zu wehren wissen!«

Der Baron setzte sein Roß in Bewegung und maulte: »Verdammtes Gesindel!«

Aber der Pfarrer rief ihm launig nach: »Behüt' Euch Gott, Euer Gnaden!«

Darauf zog der von Schlangen mit seinen Husaren durchs Tor ab, während sich alles – Marktrat und Marktleut' – um den Bürgermeister und den Pfarrer versammelte.

Zunächst gab es ein allgemeines Gerede und Geratsche. Jeder fragte jeden, und die, welche ein gutes Mundwerk hatten, beherrschten bald eine mehr oder minder große Bürgergruppe vor diesem und jenem

Hauseingang. Dem Bürgermeister wollte das nicht gefallen, weshalb er sich denn auch mit dem Pfarrer ins Rathaus zurückzog. Er liebte es nämlich nicht, daß hier die Scharfmacher, dort die Feiglinge, hier die Maulhelden und da die Besserwisser – jeder auf seine Weise – Unruhe und Mißstimmung ins Volk brachten, ohne daß etwas Vernünftiges dabei herauskam. Der Pfarrer seinerseits meinte, es sei gar nicht verkehrt, wenn sich die Bürgerschaft gegenseitig die Sorge von der Seele rede. Und wenn auch nicht viel Ersprießliches zu erwarten sei, so habe doch jeder im anderen den Nachbarn und Mitbürger gespürt und dadurch einen seelischen Aufbau erfahren: Das sei eben die Kraft der Gemeinschaft.

Dem pflichtete der Bürgermeister bei, und er begab sich wieder zurück zur Allgemeinheit. Er betrat auch gleich die kleine Schrei-Bank, wo es schien, als hätten sie ihn erwartet: »Liebe Leut', vielleicht habt ihr's vorhin mitbekommen, wie weit er das Maul aufreißt, dieser Herr Baron von Schlangen!«

»Wir müssen's ihm stopfen!« sagte der Märtl. »Wir sollten ihm eins draufgeben!«

Ihm pflichtete die Baderin, die danebenstand, bei: »Aber was nützt's denn, wenn ihr Mannsbilder immer nur posaunt und posaunt, was ihr tun müßt – doch ihr tut nix!«

»Die Baderin hat recht!« meinte der Weixelbaumer. »Ned posaunen, sondern tun! Wie zum Beispiel unser Totengräber dort drüben! Der is' in derer lausigen Zeit – weiß der Himmel! – immer unterwegs.«

Und tatsächlich kam der Totengräber mit Hacke und Schaufel über der Schulter an ihnen vorbei. »Wundert's euch«, sagte er, »wenn sogar im Pfarrhof einer von die österreichisch-ungarischen Besetzer ins Gras 'bissen hat?«

»Wer war's denn?« fragte die Widtmannin, und die Baderin drängte: »Verzähl halt!«

Der Totengräber holte nun, wie es so seine Art war, etwas weiter aus und fing zu erzählen an: »Ihr wißts doch, im Pfarrhof war der österreichisch-ungarische Hauptmann Gabelkoven einquartiert. Der hat sich gestern nacht zu Tode gesoffen – am Pfarrer sein'n Meßwein! Da san aber seine Kameraden, so wie's bei dene' der Brauch is', gleich über ihn herg'fall'n und haben ihm seine schöne Uniform und de Stiefel aus'zog'n – bis er ganz und gar nackat dag'legen is'!«

»Ja, gibt's denn so was aa?« rief die Hebamme.

Der Totengräber war so richtig in Fahrt und erzählte weiter: »Drauf habens' den Herrn Kaplan kemma lass'n, daß er den Herrn Obristen ei'graben sollt'. Aber der Herr Kaplan hat erklärt, daß er an Nackerten ned ei'graben dürft'.«

Die Widtmannin konnte es kaum erwarten, bis der Totengräber einen Schluck aus seiner im Sack verborgenen Flasche genommen hatte: »Ja, und was dann?«

»Drauf habens' die Anna Schoppin, die was die Pfarrerköchin is', ins Rathaus g'schickt, und die hat's ferti'bracht, daß ihr a Ratsdiener fünfundvierzig Kreuzer 'geb'n hat. Mit dene fünfundvierzig Kreuzer hat sie dann – salva venia! – ein Paar Strümpf' 'kauft. Die hab' i' jetzat da und soll sie dem toten Herrn Hauptmann oziag'n; so is' er dann nimmer nackat!«

Eine Bäuerin, die breitspurig danebenstand, meinte behäbig: »Dös werd so a Kaas sei', was du da verzählst!«

Der andere darauf: »Geh halt hin zum Herrn Pfarrer, du dumme Nassel! Da drüben steht er ja! Und frag ihn!«

Der Bürgermeister hatte ruhig zugehört, weil ihm die freie Erzählart des Totengräbers gefiel. Als er aber jetzt sah, daß der auch noch den Pfarrer mit in seinen Bericht einbeziehen wollte, sprach er hart: »Da wird nichts gefragt! Wir haben anderes zu tun, Wichtigeres, als eure Ratschereien anzuhören!«

Auch der Pleß hatte die Darstellung des Totengräbers mit Spaß verfolgt, erkannte aber ebenso, daß nunmehr etwas geschehen, eine Tat folgen mußte: »Wir müssen Hilfe holen!« rief er unvermittelt unter die Leut'.

Da horchten viele auf, und der Pfarrer fragte: »Hilfe? Von wem? Und von wo?« – worauf der Pleß-Bräu markant erwiderte: »Von Burghausen!«

»Viel zu gefährlich!« meinte da einer. »Rund'rum sind schon die Österreicher! Wenn die oan von uns derwischen, den spießens' glatt auf!«

»Wer nix wagt, Sepp, der nix g'winnt! Burghausen ist die stärkste bayerische Garnison. Auf die können wir uns verlassen. Die Burghausner werden uns schon 'raushau'n!«

Der Bürgermeister und der Pfarrer nickten wohlgefällig, und der letztere bekräftigte sein Nicken noch mit der Bemerkung: »Ein wirklich sehr guter Gedanke!«

Der Bürgermeister erklärte gleich weiter: »Erst müssen wir aber die Hofkassa zu München informieren; denn ohne einen gehörigen Sold bewegen die Burghausener ihre feisten Ärsche keinen Zoll von der Pritsche!«

Giftig bemerkte dazu der Danner: »Der Bürgermeister muß das ja wissen; sitzt doch sei' Bua als Kriegskassier auf Burghausen!«

Ein paar von den Leuten, die danebenstanden, lachten kurz, worauf der Ruedorfer erwiderte: »Wenn du nur maulen kannst, Danner! Aber der Pleß hat recht! Wir brauchen vor allem einen, der Geld lockerzumachen versteht!«

»Dös is' doch a Krampf!« sagte ein Alter. »Wer soll denn zu München noch Geld lockermachen, wo doch der österreichische General Bernklau als Stadtkommandant scho' in der Residenz hockt!«

»'s heißt aber, daß unser Herr Kurfürst Karl Albrecht« – »Unser jetziger Herr Kaiser!« rief einer dazwischen – »Richtig! Unser Kaiser! – daß also unser Kaiser sein Land ned im Stich lassen will. Der wird scho' sorgen, daß er noch an Batzen Geld für Rosenheim auftreibt!«

»Oh du armer Irrer!« erhielt er zur Antwort. »Der – und Geld auftreiben! Bis jetzt sitzt er noch in Frankfurt, und hinter der verstohlnen Hand munkeln die

Großkopferten scho', daß er demnächst sei' Bett und sei' Frühstück nimmer zahl'n kann!«

Darauf antwortete niemand – vielleicht schon deswegen nicht, weil der Bürgermeister sich jetzt an den Pleß wandte, er möge nach München reiten und bei seinen Geschäftsfreunden die heikle Finanzfrage zur Sprache bringen. Er selber werde sich nach Burghausen auf den Weg machen. Gegen Abend könnten sie sich dann an der Salzach wieder begegnen und ihr weiteres Vorgehen besprechen.

Der Pleß-Bräu fühlte sich durch dieses Vertrauen des Bürgermeisters geehrt und erklärte: »In zwei Stund' hol' ich mir auf dein'm Amt die Geleitpapiere!« Dann verließen sie den Platz in verschiedene Richtungen.

Der Pfarrer blieb noch da und besprach mit ein paar Markträten die neue Lage. Da aber gab der Prokurator Franz Kirchbeck zu bedenken, daß das Unterfangen Pleß-Bürgermeister seine ganz erheblichen Gefahren berge; denn greife man die beiden auf, könne man sie möglicherweise gleich an den nächsten Baum hängen. Ihm widersprach freilich der Märtl mit der Bemerkung, der Ruedorfer sei doch eine Amtsperson, und der Pleß, der alte Fuchs, sei gewappelt und habe es faustdick hinter den Ohren: »So leicht kriegt man de zwoa ned unter!«

Nun glaubte der Schmetterer noch einen glücklichen Einfall gehabt zu haben und meinte: »Am besten wär's, ma' schmeißat dös ganze Salz über d' Innbruck'n!«

Dem aber widersprach der Duschl sehr massiv: »Was Blöder's fällt dir wohl ned ein!«

Der andere nun fühlte sich durch die Unterstellung von Blödheit einigermaßen verletzt und wurde laut: »Was heißt da blöd! Ist's denn ned allweil besser, wir verzichten auf unser Salz, als wenn sie uns den roten Hahn auf die Dächer setzen?«

Doch gleich trat der Pfarrer zwischen sie: »Was schreits denn schon wieder! Laßts uns lieber überlegen, wie wir sie loswerden, die lausigen Brüder!«

Da sagte ein Ratsdiener, der nicht weitab von ihnen stand und das ganze Gespräch mitverfolgt hatte: »Überlegen wär' schon recht, aber ned hier auf dem offenen Markt! Dafür hab'n wir ja 's Rathaus!«

»Also pack' mir's!« sprach einer – und alle gingen weg.

Die Verräterin

An diesem Tage tat sich in Rosenheim weiters nicht viel. Doch als es zu dunkeln begann, sah man einige Soldaten des Barons über den Platz schleichen. Sie waren sehr leise und verständigten sich gegenseitig nur im Flüsterton. Als sie aber dann den Bürgermeister und den Pleß daherkommen sahen, versteckten sie sich. Die beiden Amtspersonen verabschiedeten sich wortlos mit Händedruck voneinander und schlugen dann verschiedene Richtungen ein. Kaum waren sie hinter den ersten Häusern verschwunden, traten die Soldaten wieder aus ihren Verstecken heraus und umringten einen Korporal, der ihnen heftig gestikulierend Weisung gab, dem einen hierhin, dem anderen dorthin zu folgen.

Bald darauf sah man ein junges Pärchen vorbeikommen und in einem der armseligen Häuser hinter dem Tor verschwinden. Es hatte den Anschein, als ob sie in ein Streitgespräch verwickelt wären; und tatsächlich hörte man, kaum daß die Tür hinter ihnen ins Schloß gefallen war, das Aufklatschen von Schlägen. Claus und Afra hatten sich, wie es so schön heißt, wieder einmal in den Haaren – der Ausdruck war sogar wörtlich zu nehmen. Dabei wachten natürlich die vier Kinder auf, die gerade erst schlafen gegangen waren; sie schrien gottserbärmlich und mußten von den Eltern wieder zur Ruhe gebracht werden. Damit waren dann auch die Gemüter der beiden Streithähne einigermaßen beschwichtigt – und Claus begann:

»Mir is' gar ned wohl bei derer G'schicht'!«

»Weilst a Feigling bist! Sonst reißt du dei' Gosch'n sperrangelweit auf, aber wenn's um uns geht – um dei' Weib und die armen Kinder –, nachher hast du die Hos'n voll!«

»Du hast gut reden! I' soll mei' Haut zu Markte tragen, daß du nachher mit die Torknecht' 'rumhur'n kanntst! So is's doch?«

»Du, ausgerechnet du mußt red'n! Wenn mi' die jungen Marktweiber seh'n, zischelns' und kicherns' hinter mir drein, und erst gestern hat mir so a Rotzige nachg'schrien: ›Du, Afra, dei' Claus is' fei' schwaar in Ordnung!‹ Am liebsten hätt' i' ihr glei' mein' Holzschuh in d' Lätsch'n g'schmiss'n!«

Claus erwiderte gönnerhaft: »Was mußt du aa aufm Markt 'rumzigeunern? Bleib im Häusl und versorg de Goaß'n und de Kinder!«

»Dös taat dir so pass'n! Aber i' sag' dir oans: Wenn du ned glei' zu dem Baron gehst, nachher bin i' in der nächsten Stund' selber dort und zeig' eahm, wo 's Salz is'!«

»Untersteh dich! Zuvor schlag' i' dir 's Kreuz ab!«

»Daß i' ned lach'!« entgegnete sie. »Da hätt'st du aber bald a schief's G'sicht und a Messer im Buckl!...«

Während sie ihr Familiengespräch noch fortführten und immer lauter wurden, ging draußen der

Baron von Schlangen mit einigen höheren Offizieren vorüber; sie wollten sich beim Bruckwirt noch etwas gütlich tun. Sie hörten den Krach, und der Baron riß die Haustür auf. Da stand die Afra mit aufgelöstem Haar und halbzerfetzter Bluse vor ihm: »Ei, da schau her! Was für ein sauberes Mägdelein! Und der Zochen da ist wohl der Herr Bräutigam?«

Da trat der Claus aus dem Hintergrund hervor: »Nix Bräutigam, Euer Gnaden! Sie ist mei' Weib und hat vier Kinder!«

Und die Afra fügte hinzu: »Vier Mäuler, die Tag und Nacht schrei'n, weils' Hunger hab'n!«

»Ist's denn die Möglichkeit! Vier Kinder, die Hunger haben!« Der Baron wandte sich an einen Soldaten seiner Leibgarde: »Wachtmeister, da muß was geschehen! Führ Er den Mann ins Magazin und laß Er ihm geben, was er haben will!«

Der Wachtmeister riß sich zusammen: »Zu Befehl, Euer Gnaden! Was er haben will!« Er packte den jungen Mann am Arm und ging mit ihm ab.

Darauf näherte sich der Baron der Afra, während die anderen Offiziere vor der Haustüre stehenblieben; er sprach: »Nun, mein Fräulein...?«

»Afra, Herr Baron, Afra heiß' ich!«

»Afra! – Afra, wenn ich Sie so ansehe, kann ich mich eines Eindrucks nicht erwehren: Sie gehört gewiß zur besseren Gesellschaft von Rosenheim!«

»Wie man's nimmt, Herr Baron! Meine Mutter war Dienstmagd in den höheren Kreisen, und von daher stamme ich!«

»Wie reizend Sie das sagt, Afra! Sie ist entzückend!«

»Meine Entzückungen, Herr Baron, hängen ganz und gar davon ab, wie's umgeht!«

Diesen Ausdruck verstand der andere nicht und fragte deshalb: »Umgeht?«

Da machte Afra mit drei Fingern eine Bewegung, wie wenn sie Geld zählen wollte: »Ich mein', halt so...«

»Nun ja, ma chère! Es kommt immer drauf an...«

»Genau, Herr Baron, es kommt immer drauf an, g'rad' heutzutag', wo dös Salz teurer is' als d' Supp'n!«

»Und wie recht Sie hat, besonders wenn man nicht weiß, wo man es herbekommen soll, dös Salz in d' Supp'n – wie Sie so schön sagt!«

Die junge Frau stockte in ihrer Antwort: »Ich wüßte schon, woher...«

»Was meint Sie da, schöne Afra?«

»Ja, dös Salz, zum Beispiel!«

Der Baron wiederholte bedächtig: »Par exemple, dös Salz!«

Und die Afra redete weiter: »Ihr könnt's erfahr'n, aber nur gegen bare Münz'!«

Darauf der Baron: »Oh nein! Ist Sie denn so notig, daß Sie sogar Ihre Heimat verkaufen will?«

Und sie: »Gewissermaßen: Ja! Die Großkopferten haben uns arme Luder ausgezogen und ausgebeutelt und uns ausbluten lassen, bis nix Gut's mehr an uns war. Vier Kinder habens' mir ang'hängt und mich dann mit Schimpf und Schand' wegg'jagt! Soll ich sie da noch schonen?«

»Très bien! Ihre Logik gefällt mir!«

»Also, was zahlt Ihr?«

»Schöne Afra, komme Sie mit uns! Unser Geld verwahrt der Kriegskassier!«

Sie verließ mit dem Baron von Schlangen das Häuschen und folgte ihm ins Doppelhaus des Pleß-Bräus. Vor seinem Kabinett mußte sie warten. Der Baron ließ den Kassier kommen. Der erschien alsbald mit einer eisenbeschlagenen Kofferkiste, die von zwei Soldaten getragen wurde, und zählte seinem Vorgesetzten dreihundertvierzig Gulden hin: »Exzellenz, mehr haben wir bis dato nicht. Fünfzig Gulden könnt Ihr dem Weibe geben – wenn Ihr wollt.«

Darauf der Baron: »Den Rest teilen wir zwei unter uns. Einverstanden?«

Dann reichten sie sich die Hand, und der Kassier meinte gleichsam nebenbei: »Hab' nichts dagegen! Wenn die Kassa leer ist, hol' ich mir neues Geld. 's gibt noch so manches zu kassieren in diesem Rosenheim…!«

Nun durfte die Afra eintreten. Der Baron tätschelte sie auf die Wange: »Süßes Mägdelein, wir werden Sie zur gegebenen Zeit rufen lassen. Die Gulden warten auf Sie!«

Danach hielt er ihr die Türe auf. Sie ging enttäuscht weg. Als sie vor den Hauseingang kam, der von zwei Wachsoldaten flankiert war, trafen hier die Häscher mit dem gefangenen Bürgermeister und dem Pleß-Bräu ein; die waren in Ketten geschlagen.

Afra wollte schnell wegschauen, doch die beiden hatten sie schon erkannt...

In Ketten geschlossen wie sie waren, wurden die zwei Marktgrößen von Rosenheim in den Keller des Doppelhauses gebracht. Während sie die steinerne Treppe hinuntergingen, raunte der Pleß-Bräu dem Ruedorfer zu: »Eine seltene Szene, wenn der Besitzer eines neuen Hauses von fremden Söldnern gezwungen wird, in Fesseln den eigenen Hauskeller einzuweihen!«

Doch der Bürgermeister flüsterte ihm bloß zu: »Sei staad, sonst kommen wir noch vom Regen in die Traufe!«

Der Korporal hatte den beiden alle Papiere und Siegel abgenommen und übergab sie jetzt seinem Baron, der ihm darauf wohlwollend zwei Nächte Ausgang gewährte – in Kriegszeiten eine rare Gunst. Er selber – der Baron – setzte sich hin und studierte bei Kerzenschein die verräterischen Schriftstücke...

Als der Morgen graute, befahl er den Bürgermeister zu sich: »Meint Er, Wir warten, bis Er Uns das Salz freundlicherweise übergeben will? Oder bis Er Seine Leut' aus Burghausen herangezogen hat? Wäre etwas zu simpel gedacht!«

Der Ruedorfer erwiderte, dem Ernst der Sachlage entsprechend: »Herr Baron, ich muß das Wohl der mir anvertrauten Gemeinde wahrnehmen. Wenn Ihr das nicht akzeptiert, verwerft Ihr alle vaterländische Moral.«

Darauf antwortete der andere mit dem häßlichen französischen Ausdruck »Merde!« und fuhr dann fort: »Vaterländische Moral! Als ob sich ein Soldat um die vaterländische Moral seines Gegners zu scheren hätte! Die Waffen schaffen die Weltordnung! Ihr habt – wie diese Depeschen bezeugen – versucht, eure bayerischen Landsleute gegen uns aufzubieten. Damit habt ihr euch offiziell als unsere Feinde erklärt. Feinde, die wir von uns abschütteln müssen wie Läuse aus dem Pelz! Es sei denn, ihr seid bereit, für eure Freiheit kräftig in die Kasse zu greifen. Wir denken da an tausendzweihundert Gulden: die Hälfte für Unsere Person, die andere für den Grafen Gorani und den Herrn Leutnant. Das alles zu eurer Schonung! Gehe Er jetzt zu Seinen Markträten hinüber ins Rathaus und erwarte Er Uns dort!« Und zur Ordonnanz gewandt: »Die Herren Offiziere zu mir!«

Nach wenigen Minuten standen sie um ihn: »Messieurs! Vor jeder Haustür im inneren Bereich von Rosenheim sind unverzüglich Stroh und Pech zu postieren! Pech liegt im Zeughaus. – Ebenso das Zwanzigfache auf die Innbrücke! Und dazu das Ingenieur-Korps!«

Die Herren stoben auseinander – und schon begannen da und dort die ihnen unterstellten Mannschaften den Befehl auszuführen. Das ergab zunächst ein wildes Durcheinander. Bald aber lagen Pech und Stroh bereit – und es wurde ruhiger.

Inzwischen hatten sich die Markträte und viel neugieriges Volk bei den Schrei-Bänken eingefunden; und da kam auch schon der Baron von Schlangen mit seinem Anhang daher. Er blieb auf seinem Pferd sitzen und fing in seiner unverschämten Art an zu wettern: »Und nun, ihr Krämer und Leutbescheißer, attention! An euch ergeht hiermit die letzte Aufforderung: Heraus mit den 608 Faß Salz!« Darauf wandte er sich an einen der Offiziere: »Laßt die Fackler kommen!«

Der gab sofort einige Befehle in ungarischer Sprache – und nach einigen Minuten standen zehn Mann mit brennenden Fackeln in seiner Nähe.

»Habt ihr einen Doktor unter euch?« schrie er.

Es meldete sich mit erhobener Hand der Marktphysikus Martin Anton Wüntter.

»Kommt her zu Uns!«

Der Arzt löste sich aus der Leuteschar heraus. Da stieg der Baron vom Pferd und betrat mit ihm die kleine Schrei-Bank: »Wir geben euch fünfzehn Herzschläge lang Zeit!« Dann zog er seinen Uniformrock aus, ließ sich von seinem Burschen den Arm entblößen; der Arzt legte seine Finger an die Pulsader des Barons und begann zu zählen.

In der unmittelbaren Nähe hatte ein Faßbinder seinen Stand; er war ein Witzbold und schlug nach jeder genannten Zahl des Doktors mit einem Holzschlegel auf ein hohles Faß. Das hörte sich in der entstandenen Stille schauerlich an.

Der Schloßberg am Rosenheim gegenüberliegenden Innufer; hier waren die 608 Faß Salz versteckt, nach denen die österreichischen Truppen fieberhaft fahndeten.

Und da geschah der Eklat! Vom Tor her kam der Korporal gestürmt und schrie: »Herr Baron, wir haben das Salz! Das Weib hat uns das Versteck verraten! Sechshundertacht Faß Salz liegen trocken und wohlverwahrt im Felsenkeller unterm Schloß auf der anderen Innseite! Dort haben sie's bei Nacht und Nebel vom Salzstadl aus eingebracht!«

Da streckte sich der von Schlangen und wuchs förmlich über alle Umstehenden hinaus; er machte eine herrische Handbewegung und rief: »Im Namen Ihrer Majestät der Königin Maria Theresia ergreifen Wir, Obristwachtmeister Baron von Schlangen, als

Bevollmächtigter Ihrer Majestät in Bayern, Besitz von den Uns wider alles Kriegsrecht vorenthaltenen Salzvorräten des Marktes Rosenheim.«

Das war hart gesprochen.

Darauf veränderte er die Stimme und fuhr in milderen Tönen fort: »Wohlgesonnen erklären Wir Uns aber gnädig und zu folgendem bereit: Dem Markt Rosenheim bieten Wir hiermit, bei Androhung von Feuer und Schwert, im ganzen sechshundertacht Faß Salz, das Stück zu fünf Gulden, zum Rückkauf an.«

Der inzwischen herbeigeeilte Bürgermeister hatte den letzten Teil des soldatischen Aufrufs noch gehört und fragte nach einem betretenen Schweigen: »Rückkauf? Wie könnten wir Euch das Salz bezahlen, wo wir es noch nicht einmal selber bezahlt haben!«

»Das ist eure Sache, nicht die Unsere!«

Mit verzweifelter Stimme rief da der Handelsmann Märtl aus: »Dann bleiben uns nur noch zwei Möglichkeiten: der liebe Herrgott oder der Strick!«

Sogleich brachte der Pfarrer diese Alternative ins Lot und sprach: »Weil wir indes als Christenleut' den Strick nicht wählen können, so wollen wir, meine lieben Rosenheimer, vor unseren Herrgott treten und um seine Hilfe bitten. Denn ohne ihn können wir nichts tun!«

Nun kniete alles, was am Platze rosenheimerisch war, nieder – und der Pfarrer betete vor: »Lieber Herrgott, ein Feind hat uns überfallen –«

Alle antworteten: »Herr, erbarm dich unser!«

»Vor der Schändung unserer Frauen –«

»Bewahre uns, o Herr!«

»Vor Mord und Totschlag –«

»Bewahre uns, o Herr!«

»Aufhören, aufhören!« brüllte der Baron; und zum Pfarrer gewandt: »Schwarzer Mann, Er ist ein Volksverhetzer! Wir werden Ihn schinden und hängen lassen!«

Darauf antwortete der Pfarrer: »Das liegt bei Euch, Euer Gnaden! Ihr werdet mich aber nicht abhalten, auf die mir anvertraute Herde den Segen des Himmels herabzurufen! Denn auch Ihr habt – wie ich – Untertanen, für die Ihr einstehen müßt!«

Wendig entgegnete der andere: »Pfarrer, Wir verwahren Uns, mit Euch verglichen zu werden! Ihr seid zwar ein guter Sachwalter Eurer gläubigen Gemeinde; das nützt Uns jedoch wenig! Wir brauchen Geld! Kauft Uns das Salz ab!«

Der Bürgermeister: »Ganz unmöglich!«

Der Baron: »Dann versenken Wir's im Inn!«

Der Prokurator Franz Kirchbeck ergänzte: »Versenkt's ruhig, dös Salz, wenn Ihr Euch vor unserem Herrgott versündigen wollt!«

Der von Schlangen schüttelte den Kopf: »Ihr seid wahrhaftig verrückt!«

Etwas verhalten antwortete der Stockhammer: »Lieber verrückt als gottlos!«

Der Baron versuchte einzulenken: »Und wenn ihr Uns *einen Teil* vom Salz abkauft?«

Jetzt meldete sich auch der Schmetterer-Bräu zu Wort: »Ihr seid offensichtlich in Geldnöten, Herr Baron...?«

Jetzt versuchte auch der Pleß zu vermitteln: »Da war im Frühjahr schon ein gewisser General Stentsch bei uns eingefallen – das dürfte Euch bekannt sein. Unsere Kassen sind wirklich leer!«

Ein Ratsdiener unterbrach: »Ja, wie der uns ausgeräubert hat, das können wir Euch schwarz auf weiß zeigen, drüben im Rathaus!«

Diese Bemerkung des Aktenträgers war nun freilich dumm und angeberisch. Sie veranlaßte den Pfarrer, leise zu den Umstehenden zu sagen: »Schuster, bleib bei deinem Leisten!« Doch die meisten, die den Satz gehört hatten, verstanden ihn nicht, weshalb sich der hochwürdige Herr abwandte und zu den beiden Handelsherren Höck und Danner ging, die in der Nähe standen. Er unterhielt sich leise mit ihnen, während der geschwätzige Ratsdiener noch weiteren Unsinn verzapfte und sogar mit dem Baron in Streit zu geraten drohte. Dem kam allerdings der kluge Pleß-Bräu zuvor, indem er die Aufmerksamkeit des Barons fast gewaltsam auf sich zog: »Ich will Euch was verzählen, Herr Obrist! Bei uns geht ein Sprichwort um, das heißt: ›Wo nix ist, hat selbst der Kaiser das Recht verloren!‹ Den Fall habt Ihr jetzt deutlich vor Augen: Der Markt Rosenheim ist ausgebrannt; das dürft Ihr uns glauben!«

Weil der Baron sich eine Bedenkzeit gönnte, ergriff der Pfarrer das Wort: »Wir wollen nicht in Streit und weitere Feindseligkeiten geraten. Was sagt Ihr zu meinem Vorschlag: Die Herren Märtl, Ruedorfer, Höck, Danner und ich, wir könnten mit Hängen und Würgen fünfhundertfünfunddreißig Gulden aufbringen, so viel Geld also, um von Euch zunächst hundertsieben Salzfässer zurückzukaufen. Wir stellen aber eine Bedingung…«

»Seit wann stellt denn der Unterworfene Bedingungen?« erwiderte der andere in barschem Ton.

»Nicht nur wegen uns«, gab der Prokurator zurück, »sondern auch um Euretwillen, Herr! Es geht ja schließlich auch darum, daß wir Euch noch die restliche Salzmenge abkaufen wollen. Dazu brauchen wir aber Zeit!«

Der Bürgermeister: »Wäret Ihr geneigt, Herr Baron?«

»Was ist also eure Bedingung?«

»Daß Ihr uns die Innbrücke nicht abwerft oder verbrennt! Denn ohne die Brücke können wir schlecht mit dem Salz Handel treiben, um Euch dann zu bezahlen!« sagte der Ruedorfer.

Der von Schlangen schien in sich hineinzuhorchen, bis er am End' und schon im Abgehen sagte: »Bürgermeister, darüber läßt sich reden!«

Als der Baron mit seinen Leuten außer Hörweite war, sagte der Märtl: »Dös war vielleicht ein Schmarrn, den es dahergered't habts! Von wegen Bruck'n abwerfen! Damit habts ihr ihn ja erst auf einen irrwitzigen Gedanken 'bracht!«

Der Pfarrer meinte: »Ja, es war nicht ganz klug! Aber beschimpfen wir uns jetzt ned gegenseitig! Wichtig ist, wie wir das restliche Geld herbringen!«

»Ich hätt' da eine Idee!« raunte der Prokurator. Die anderen traten näher zu ihm hin. »Wir sollten etliche von uns nach München zu den Nockher-Brüdern schicken. Vielleicht borgen die uns noch die restlichen zweitausendfünfhundert Gulden. Die Münchner haben doch Geld wie Heu!« Die Männer schauten einander an und dann auf den Bürgermeister.

»Keine schlechte Idee!« sagte der und fragte: »Wer geht noch mit?«

Der Höck und der Duschl erklärten sich bereit. Dann verließen alle den Marktplatz und begaben sich in die Torstub'n.

Hier trafen sie den alten Torknecht Loisl, den Brunnmeister Johann Weixelbaumer und den Abdecker Caspar Rauffer. Der Loisl war nicht mehr nüchtern. Als jetzt die anderen mit dem Bürgermeister eintraten, schrie er: »Da sehts die g'schätzt'n Herren vom Rathaus! Jetzat müassens' schaug'n, wies' aus dem Schlamassel wieder 'rauskommen; koa Geld is' mehr da, und koa Salz aa ned!«

»Und wer hat uns dös all's ei'brockt?« fragte der Caspar und gab sich sofort selber die Antwort: »Die Florentina! Z'erscht lacht sie sich den Ungarn o' , und dann verrats' uns!«

»Ich kann's net glaub'n!« antwortete einer aus dem Hintergrund.

»I' scho'!« entgegnete der Abdecker. »Ihr habts ja ned den Korporal g'hört, wie er g'sagt hat: ›Das Weib hat uns das Versteck richtig benannt!‹ Die g'hört an den Pranger, dös Luader!«

Darauf meinte der Weixelbaumer: »Dös könnts doch ned macha! Die Florentina ist mit ein'm ungarischen Offizier verheirat't. Da gibt's Ärger! Am besten, ihr gebts a Ruah! Sonst hängt der Baron uns alle auf!«

»Da kommt er scho'!« rief einer.

Und tatsächlich betrat der Baron von Schlangen mit seinem Adjutanten, dem Grafen von Gorani, den niedrigen Gästeraum. Die anderen ließen ihre Kannen und Krügel stehen, erhoben sich jäh und gingen.

»Uns pressiert's!« rief der Loisl und grinste.

Die beiden hohen Herren setzten sich in eine leergewordene Nische. Sie bestellten einen Nemes Kadarka, einen süßlichen Roten, und der Graf eröffnete leise das Gespräch: »Wie wollt Ihr's denn jetzt halten mit dem Ansinnen des Bürgermeisters, die Brücke betreffend?«

»Verehrter Graf Gorani, glaubt Ihr denn, mich hätte eine Kartätsche gestreift?« Und dann erläuterte er, die Innbrücke sei mit hinreichend Pech und Stroh bestückt worden, was man natürlich nicht nach Wien melden werde. Im Gegenteil, man wird melden, die Brücke sei von ein paar verwegenen Einheimischen angezündet worden. Dabei seien ihnen unerwartet einige Bergleute aus der Nähe zu Hilfe gekommen und hätten beim Abwerfen der Brücke mitgetan. »Und dann, lieber Graf, wenn die Brücke brennt: Rosenheim, ade!«

Beide lachten höhnisch und gossen sich noch einigen Kadarka hinter die Binde...

Ein Mönch…

Spätnachts am 12. Oktober 1742 hat Baron von Schlangen Rosenheim wieder verlassen – auf einem Reitpferd, das er beim Pfarrer Franz Ruedorfer konfisziert hatte. Er nahm den Weg zur Innbrücke und ließ sie – entgegen dem, was er dem Bürgermeister versprochen hatte – anzünden und zwei ganze Joche abwerfen.

Doch wenige Wochen darauf stimmte der Markt einen großen Jubel an, als die Nachricht eintraf, der von Schlangen sei vom kurbayerischen General von Seckendorff gefangengenommen und in Braunau eingekerkert worden.

Die österreichische Besatzung wurden die Rosenheimer freilich dadurch nicht los; weiterhin saßen die Herren Offiziere in den schönsten Bürgerhäusern und ließen sich's auf Kosten der Besetzten gutgehen.

Der Leutnant Ferenz Farkas war nicht mehr unter ihnen. Nachdem er seine Rosenheimer Mission, das Salzversteck ausfindig zu machen, nicht erfüllt hatte, wurde er zu einem Regiment nach Prag versetzt; dort konnte er sich im Kampf gegen die Franzosen bewähren, die in jenem Herbst 1742 als Verbündete des Kaisers Karl VII. Albrecht die »Goldene Stadt« immer noch in ihrer Gewalt hatten.

Seine Frau Florentina mußte allein in Rosenheim zurückbleiben und hatte dort weniger denn je zu lachen. Denn im Markt gab es genug Leute, die felsenfest überzeugt waren, nur Florentina könne das Weib gewesen sein, das den Feinden das Salzversteck verraten hatte. Da half auch nichts, daß der Bürgermeister und die Ratsherren beteuerten, sie wüßten nicht das mindeste davon, wer diesen Verrat begangen haben könne, und daß der Pfarrer in seinen Predigten die Verfolgung Unschuldiger geißelte. Vielmehr keiften bald schon die Marktweiber, die Marktoberen hielten aus lauter Lahmarschigkeit zu den Österreichern.

So waren also die Rosenheimer in den folgenden Kriegsjahren mit dergleichen internen Zwistigkeiten hinlänglich beschäftigt – ein allgemeinmenschliches Übel, gegen das erfahrungsgemäß nur ein Mittel hilft: das Auftauchen eines äußeren Feindes.

Und der stand im Herbst 1744 wieder vor den Toren. Es ging auch jetzt wieder um das Salz, genauer gesagt um die 501 Faß, die im Keller unter dem Schloß vor sich hindämmerten und auf die man seitens der Rosenheimer – obwohl sie immer noch nicht zurückgekauft waren – nun wieder Zugriff hatte.

Die Panduren müssen ein fürchterliches Volk gewesen sein. Denn selbst der bedeutende habsburgische Feldherr Khevenhüller hat damals in einem Kriegsbericht an seine Herrin nach Wien diese erschreckende Darstellung aufgezeichnet:

Diese Unmenschen üben Mordbrennerei aus Lust. Unschuldige werden an den Stadttoren oder Bäumen aufgehängt, Kirchen und heilige Gefäße geplündert und schimpflich verunreinigt, den Bauern der Landfahnen Nasen und Ohren abgeschnitten, ehrbaren Weibern und Mädchen auf dem Rücken ihrer gebundenen Männer oder Väter Gewalt angetan, Kinder gespießt, in die Flammen geschleudert, den Hunden vorgeworfen.

Doch Maria Theresia schien jedes Mittel recht zu sein, sich dem von den Fürsten des Reiches rechtmäßig erwählten Kaiser Karl VII. mit Waffengewalt entgegenzustellen. Darum und um die leidige Salzfrage von Rosenheim endgültig aus der Welt zu schaffen, beorderte sie jetzt den gewissenlosen Obristen Trenck an den Inn.

Schon sein Erscheinen in Rosenheim war ein verwerflicher Aufzug: Der Obrist kam nämlich verkleidet als Mönch, tat mit den Torknechten devot und wurde anstandslos eingelassen. Und weil gerade die Marktglocke die Bürger auf den Platz rief, gesellte er sich zu ihnen. Ein Ratsdiener begann aus einem dicken Schmöker zu lesen. Es war das Ratsprotokollbuch, das an diesem Tag wieder einige Beschlüsse enthielt, die öffentlich bekanntgegeben werden mußten.

So hieß es in Punkt eins (der Ratsdiener besaß die Stimmkraft eines mittleren Frühgewitters): »Festsetzung von Taglöhnen: Dem Maurer gebühren 16 Kreuzer, dem Mörtelkocher 14 Kreuzer, dem Zutrager 13 Kreuzer und dem Zimmerknecht 16 Kreuzer.

»Zweitens, Festsetzung von Fleischpreisen: Kühfleisch 10 bis 14 Kreuzer, Kalbfleisch 11 Kreuzer, Schaffleisch dito 11 Kreuzer und Lammfleisch 3 Kreuzer.«

Eine Häuslerin glaubte ihren Senf dreingeben zu müssen und meinte: »Da is's Zeit word'n, daß der meine für sei' Mörtelkocherei jetz' dreizehn Kreuzer Taglohn kriagt! Bald hätt' ich meine acht Mäuler nimmer stopf'n könna. All's wird teurer, all's!«

Der Ratsdiener fuhr fort: »Der Leinweber Hans Pernegger legte zur Erlangung des Bürgerrechts seine zween Meisterstücke vor: eins von einer Bettziechen und ein Stück Leinwand. Obwohl die Leinwand etwas fadenbrüchig ist, sonsten aber keine sonderbaren Mängel zu erkennen sind, wird er für einen Meister admittiert. Wegen der begangenen kleinen Fehler soll er statt zwei nun vier Gulden Rüstgeld zahlen und einen Feuereimer zu liefern schuldig sein!«

»Allerhöchste Zeit, daß wir neue Eimer kriegen! Hollodrio!« Das war der Weixelbaumer, der damit den »Mönch« zu einem Kopfschütteln veranlaßte – und zu einem fremdländischen Gemurmel.

Der Ratsdiener setzte seine Beanstandungen fort und rügte den Bäcker Michael Schuster wegen falschen Gewichts. Den Matthäus Geiger verpflichtete er, seinen Sohn Christoph in die Fremde fortzuschicken und ein Handwerk lernen zu lassen, »alldieweil er nur dem Müßiggang frönt und andere junge Leut' zur Leichtfertigkeit verleit'.«

Auch hier konnte eine Frau, die Hebamme war's, ihren Kommentar nicht zurückhalten: »Besser wär' a Tracht Prügel mit'm Ochsenziemer! Vom Wegschicken halt' i' gar nix bei dene schrecklichen Kriegszeiten!«

Darauf schloß der Ratsdiener sein Buch mit den üblichen Worten: »Dieses alles wird einer Rosenheimer Bürgerschaft zur Wahrnehmung und Beachtung tunlichst ans Herz gelegt« – und verließ die Schrei-Bank. Auch die meisten aus der Bürgerschaft entfernten sich. Zurück blieb der »Mönch«.

Eine Weile schaute er sich interessiert um, tat einige Schritte hin, einige Schritte her – bis er auf einmal vier Buben daherkommen sah. »Wo geht's denn da zum Pfarrhof?« fragte er sie.

»Ihr steht ja fast davor!« meinte der eine, und ein anderer fuhr fort: »Kommt mit uns! Wir san Ministranten und geh'n zur Acht-Uhr-Mess'. Da trefft Ihr unsern Herrn Pfarrer!«

»Sind immer viel Leute bei der Mess'?«

»Die letzt'n Wochen san mehrer kemma, z'weg'n de Panduren!«

»Panduren?« fragte der Kuttenträger. »Was ist das, Panduren? Sind das vielleicht himmlische Heerscharen, die in der Kirch' erscheinen und heilige Lieder singen?«

Der Bub feixte: »Dös san ganz wilde Hund', die wo in d' Häuser einfallen und ihren Schabernack mit die Deandln und die Weiber treiben. Wißt Ihr dös ned?«

Der Mönch erwiderte: »Woher soll jemand wie ich das wissen?«

Darauf einer der Buben: »Ihr seids wohl a ganz a Wildfremder?«

»Wieso?«

»Weil Euch de Kutt'n paßt wie ein'm Esel 's Hirschgeweih!«

»Du hast ein ganz loses Mundwerk!« gab der Mönch zurück.

Da bog der Pfarrer um die Ecke. Die Buben begrüßten ihn, und einer sagte: »Herr Pfarrer, der Pater da will wissen, wer die Panduren san!«

Ihm fiel jedoch der »Mönch« ins Wort: »Ich hätt' mit Euch zu reden, Herr Pfarrer!«

Der Pfarrer war erstaunt: »Geht's ned nach'm Gottesdienst?«

»Nein! Es muß gleich sein! Schickt die Buben weg!«

»Gehts halt scho' in die Sakristei! I' kimm glei'!« Dann wandte sich der Pfarrer wieder dem »Mönch« zu: »Und um was dreht sich's bei Euch? Könnt' ich Euren Namen wissen?«

»Erschreckt nicht! Ich bin Franz von der Trenck! Ich habe mich ein wenig nach Eurer Manier verkleidet. Meine Panduren stehen vor dem Tor. Laßt sie nicht zu lange warten! Denn mit dem Warten haben sie's nicht!«

Der Pfarrer erschrak: »Um Gottes Willen, was wollt Ihr von uns?«

»Zuerst einmal wollen wir das Salz! Und dann wollen meine Leute ein wenig in eure Häuser hineinschauen. Ihr sollt ja recht ordentlich eingerichtet sein!«

Inzwischen war der Pfarrmesner gekommen, weil er wissen wollte, wie's mit dem Gottesdienst bestellt sei. Er hatte Trencks letzte Worte gehört und fragte: »Wollt Ihr unsern Markt plündern lassen?«

»Was heißt hier plündern? Ihr müßt verstehen, daß meine Panduren aus dem armen Land Slawonien kommen. Und jetzt haben sie auf dem Weg durchs Bayernland gesehen, was ihnen alles noch fehlt. Das wollen sie sich nun holen!«

»Mit welchem Recht? Herr von der Trenck, mit welchem Recht?«

»Mit dem Recht des Armen und dem Recht des Stärkeren! Und jetzt kein langes Gerede mehr! Kommt und laßt die Tore öffnen!«

Da trat der Mesner wieder näher: »Wie könnte der Pfarrer die Tore öffnen lassen? Dazu hat ihm niemand die Befugnis erteilt! Das ist doch Sache vom Rat!«

Der Trenck brauste auf: »Mensch, halt Er das Maul! Sonst hau' ich Ihm den Schädel ein!«

Der Pfarrer hatte inzwischen die Fassung wiedergewonnen und schlug jetzt einen leutseligen Ton an: »Warum denn gleich so hitzig, Herr? Erinnere ich mich recht, so habt Ihr eine sehr noble Erziehung genossen. Das hat ja auch Ihre königliche Majestät, die Erzherzogin Maria Theresia aus dem Hause Habsburg, bestens gewürdigt!«

Der Obrist wandte sich zur östlichen Himmelsrichtung hin – auf Wien zu –, salutierte und sprach: »Ich grüße meine Königin aus der Ferne!«

Der Pfarrer war über diese Geste erstaunt und sagte: »Sehr ehrenwert, Herr von der Trenck! Nur ist unverständlich, warum Ihr unser Bayernland mit so viel Raub und Mord überzieht!«

»Unverständlich? Da lachen ja die Hühner! Euer Kurfürst macht Unserer hohen Frau ihr rechtmäßiges Erbe und die Kaiserkrone streitig!«

»Moment, lieber Herr von der Trenck! Nach dem bayerisch-österreichischen Vertrag – und der gilt schon seit zweihundert Jahren! – zählt in der Erbfolge nur der *männliche* Stamm, und da fällt die Nachfolge auf unseren Herrn Kurfürsten von Bayern. Seid ehrlich, das wißt Ihr so gut wie ich!«

»Bei uns in Wien steht's anders geschrieben!«

»Weil in Eurer Urkunde aus einem *ehelichen* Stamm ein *weiblicher* gemacht wurde. Ein Wörtchen nur – und das Recht steht auf dem Kopf!«

»Pfarrer, ich hab' mich um solche Tüfteleien nie gekümmert! Übrigens: Man nennt's eine rechtmäßige Verbesserung!«

»Herr von der Trenck, eine Urkundenfälschung ist's! Das geben sogar nicht wenige eurer Historiker zu. Und ganz Europa spricht davon, weil's den Krieg zur Folge hat!«

Der Obrist machte eine wegwerfende Handbewegung: »Jedenfalls beansprucht Unsere ungarische Königin Maria Theresia ihr ganzes österreichisches Erbe und die Kaiserkrone! Und um diesen Anspruch zu realisieren, haben auch Wir ihr Unsere Panduren zugeführt! Jetzt aber lenkt Uns nicht mehr von Unserer Forderung ab! Unser Befehl: Die Tore auf!«

Der von der Trenck zurrte sich seine Mönchskleidung zurecht, packte den Pfarrer unterm Arm, und gemeinsam gingen sie aufs Tor zu.

Die Panduren in Rosenheim

Von hinter dem Tore her hörte man das Lärmen der aufgebrachten Masse.

Der Pfarrer und der Obrist verhandelten eine Weile mit den Torknechten. Dann ging das Tor auf, und eine Abteilung der Horde marschierte auf den Platz ein. Sie brüllten dabei einen wilden Sprechgesang, der vom Klang der Trommeln schauerlich untermalt wurde und dessen Wortlaut so recht zu dem schreckenerregenden Aufzug der wüsten Gesellen paßte:

Auf, Brüder, auf zum Brand!
Zum Brand, zum Brand, zum Brand!
Die schwarze Fackel dampfe
umsonst nicht in der Hand!
In lichten Flammen lodre
empor des Feindes Land!
Auf, Brüder, auf zum Brand!
Wir sterben gern um Beute
den Tod fürs Vaterland!
Was kümmern uns Gesetze?
Wir sind in Feindes Land!
Auf, Brüder, auf zum Brand!
Mag winseln Greis und Säugling,
gefällt von unsrer Hand –

Ein Votivbild aus Rosenheim zeigt die Brandschatzung von Teilen des Ortes durch die Panduren und die Rettung des Marktfleckens durch bayerische Truppen.

Auf, Brüder, auf zum Brand!
Auf, schwinget eure Fackeln
in wutentglühter Hand!
Auf, Brüder, auf zum Brand!
Zum Brand, zum Brand, zum Brand!

Trenck ging seinen Leuten in der Kutte voran und legte – zum Spaß der wilden Soldateska – erst auf der großen Schrei-Bank seine Verkleidung ab.

Natürlich hatte der Aufzug viele Leute herbeigelockt. In einer Ecke standen auch einige Herren von der Marktgemeinde.

Und der Trenck sprach: »Da steht ihr nun, ihr armseligen Ratsherren von Rosenheim! Euch so dastehen zu sehen, widert einen anständigen Menschen an!«

Da begannen aber die anderen zu murren und zu maulen, bis plötzlich der Pleß aus ihrer Menge heraustrat und laut fragte: »Seid Ihr, Herr von der Trenck, ein anständiger Mensch?«

Einige Herzschläge lang war alles still um die Schrei-Bank, und selbst der Obrist verharrte ein paar Augenblicke, ehe er auffuhr: »Wer hat das gefragt?«

Der Pleß, der ein stattlicher Mann war, trat vor und antwortete mit überzeugender Klarheit: »Ich!«

Sie schauten einander in die Augen, und der Obrist sprach: »Daß du vortrittst, ehrt dich! Daß du mich brüskierst, ehrt dich noch mehr! Hast du keine Angst vor dem Panduren-Trenck?«

»Warum sollte ich Angst haben? Ich bin mir keiner Schuld bewußt. Aber Ihr! Denn Männer wie Euch wird die Geschichte richten! Und die Geschichte ist – wie Ihr aus Eurer Ausbildungszeit bei den Jesuiten wissen dürftet – die Lehrmeisterin der Völker! Sie sollte auch die Eure gewesen sein!«

Man sah dem Obristen an, daß er vor dem Rosenheimer Bräuwirt eine Art Hochachtung empfand. Nach einer Weile sagte er: »Komm her, ich will deine Gurgel prüfen!« – dann griff er an Plessens Halse herum und meinte: »Ist eigentlich schade, einem solchen Kerl wie dir den Kopf abzuschlagen.«

Doch der Pleß war in Fahrt: »Nur zu, mein Herr! Früher oder später seid auch Ihr dran! Bloß mit dem Unterschied: Mir wird Rosenheim ein ehrendes Andenken bewahren; Euch dagegen werden sie in die Hölle verdammen!«

»Herrgott, Gesell'! So viel Frechheit findet man selten auf einem Haufen beisammen!«

Da rief der Ruedorfer: »Vergeßt nicht, Herr von der Trenck, es ist ein Rosenheimer – und ned der schlecht'ste!«

Der Obrist fuhr auf: »Du windiger Pflastertreter, daß du es wagst, dich hier einzumischen?«

»Mit Verlaub, ich bin der Bürgermeister dieses Marktes!«

»Ah, das trifft sich gut! Dich such' ich, verdammter Kerl! Du also hast dem Baron von Schlangen das Salz vorenthalten!«

»Nicht vorenthalten, Euer Gnaden, sondern wir wollten die 501 Faß Salz zurückkaufen für zweitausendfünfhundertfünf Gulden; dazu hatte der Baron seine Zustimmung gegeben, und wir haben *pro hypotheca* dieses Geld in München aufgenommen. Der Baron aber hat's nicht abwarten wollen, bis das Geld 'kommen ist.«

Der Pleß fügte noch hinzu: »Er ist lieber weiter'zogen durch unser Land – zum Plündern und Morden, der Schuft! Hat uns aber zuvor die Innbruck'n noch niederg'rissen…«

Mit einem triumphalen Lächeln fragte der Obrist: »Und jetzt habt ihr das Geld von München und das vom Baron verschmähte Salz?«

Der Bürgermeister spürte, daß er sich verrannt hatte, und beeilte sich, den Fehltritt zu verwischen: »Wenn Ihr uns das Salz belaßt, so zahlen wir Euch gerne aus. Wollt Ihr darauf eingehen? 2 505 Gulden sind's genau!«

»Für solche Geschäfte ist ein Trenck immer zu haben! Her mit dem Geld!«

»Mit diesem ehrlichen Kuhhandel haben wir gerechnet, Herr Obrist!« sagte der Bürgermeister. »Nehmt also das Geld da und laßt uns mit unserem Salz in Frieden!« Er winkte darauf sogleich zwei Ratsdiener herbei, von denen jeder schon einen Geldsack in Händen hielt.

Das Geld wurde dem Trenck übergeben; der reichte es seinem Adjutanten weiter. Dann schwang er sich auf das Pferd, das ein Roßknecht hinter den in den Markt einmarschierenden Panduren nachgezogen hatte.

Und die untergeordneten Chargen vergatterten die Panduren zum Abmarsch in ihre Unterkünfte am Inn.

Indes, der Abmarsch ließ auf sich warten, denn ein ganz ungewöhnliches Ereignis war eingetreten: Der Husaren-Oberleutnant Ferenz Farkas begehrte vorn beim Tor unter heftigen Gebärden im Namen seiner Königin von Ungarn, der Erzherzogin von Österreich, Einlaß, um dem Herrn Obristen, dem Freiherrn von der Trenck, eine schriftliche Botschaft zu überbringen. Zunächst gab es zwischen dem Offizier und der Torwache eine ungewöhnlich harte Auseinandersetzung, weil sich die Wächter – unter ihnen einige Panduren – seinem Eintritt in den Markt widersetzten. Da kam aber – welch ein Zufall! – die junge Frau Florentina innerhalb der Mauer beim Tor vorbei und sah ihren Mann. Weil aber auch für sie das Tor verschlossen blieb, konnten die beiden Eheleute nicht zueinandergelangen.

Nun rannte Florentina weinend hinüber zur Schrei-Bank, wo der Trenck schon bereit war, wegzureiten, und rief: »Liebe Leut', mein Mann ist wieder da!«

»Was schreist du, schönes Kind?« fragte sie der Obrist.

»Mein Mann ist wieder da, der Ferenz!«

»Ja – und?«

»Er hat eine wichtige Nachricht für Euch – von Wien!«

»Dann her mit ihm, diesem Ferenz! Aber du bleibst hier!«

Florentina schaute betreten – Trencks Adjutant aber rannte zum Tor.

Darauf wurde Ferenz, von zwei Torknechten flankiert, samt seinem Pferd vor den Herrn von der Trenck geführt.

Er machte seine Reverenz und überreichte dem Obristen ein Schreiben. Der riß es auf und langte es dem Adjutanten hin. Dann befahl er mit Donnerstimme äußerste Ruhe, zog seinen Säbel, ließ die Panduren strammstehen und schrie: »Depesche unserer allerdurchlauchtigsten, unüberwindlichen Königin Maria Theresia von Ungarn, derzeit in der Kaiserburg zu Wien!« Und zum Adjutanten gewandt: »Vorlesen!«

Der stieg die fünf Steinstufen zur kleinen Schrei-Bank hinauf und begann: »Lieber Franz Seraph von der Trenck! Uns ist zu Ohren gekommen, daß Er auf den bayerischen Markt Rosenheim zu unterwegs ist. Wir fordern Ihn daher auf, die dort lagernde Salzmenge unverzüglich als Beutegut auf Plätten anhero nach Wien zu dirigieren! – Ihm in Hulden zugetan: Maria Theresia.«

Zunächst herrschte ringsumher Grabesstille.

Plötzlich schrie einer aus dem Bataillon der Panduren heraus: »Nix da! Das Salz gehört uns!«

Und in vielhundertfachem Echo schrien die anderen: »Gehört uns! Gehört uns!«

Lauter und lauter wurde es unter den Panduren, bis es endlich in ein Bellen und Brüllen ausartete. Drei, vier, fünf von ihnen erstürmten die große Schrei-Bank, um von dort aus dem hoch zu Roß sitzenden Obristen näher zu sein.

Da war nun die Eleganz und Wendigkeit des im Waffenhandwerk höchst erfahrenen Freiherrn von der Trenck zu bewundern: Das war kein wildes Umsichschlagen mit dem Säbel, nein, das waren bedachte und gezielte Streiche eines Virtuosen in dieser Kriegskunst. Darum dauerte es auch nur einige Augenblicke, da hatte er zwei der vordersten Angreifer niedergeschlagen. Dann schwang er sich aus dem Sattel mit schier unglaublicher Kraft hinüber zu denen auf der Schrei-Bank, zog die Pistole und streckte noch drei andere nieder, während er zugleich mit dem Säbel um ihre Köpfe herumschlug. Weiß der Himmel, das konnte er nicht gelernt haben – das mußte ihm angeboren sein!

Schließlich warf er sein Waffenhandwerkszeug weg, packte einen mit beiden Händen, stemmte ihn hoch und warf ihn auf drei andere, so daß alle vier die fünf Steinstufen hinunterfielen und einer unten tot liegenblieb. Die anderen sahen keinen Ausweg mehr; sie duckten sich zu einem Haufen zusammen und rührten sich nicht mehr.

Der Obrist wischte sich den Schweiß von der Stirn und schwang sich auf sein Pferd; dann rief er in die Runde: »Das Salz gehört unserer allerdurchlauchtigsten Souveränin. Rosenheim aber ist für euch zur Plünderung frei!«

Dieses Wort sauste auf alle nieder wie ein Keulenschlag. Florentina sank vor Trenck in die Knie: »Euer Gnaden, haltet die Panduren auf! Verschont uns vor noch größerem Unheil! Ich bitt' Euch in Gottes Namen!«

»Nichts wird verschont: weder Rosenheim noch du!« Damit riß er sie zu sich aufs Pferd und jagte aufs Tor zu, während seine Panduren in alle Richtungen davonstoben…

Die Bürger, die das grausige Gemetzel auf der Schrei-Bank gesehen hatten, beeilten sich, in ihre Häuser zu kommen. Bei vielen waren aber die räuberischen Panduren schon eingebrochen und hatten grauenhafte Verwüstungen angerichtet.

Dieser Tag war einer der grausamsten in der Rosenheimer Stadtgeschichte. Denn nicht nur daß Häuser geplündert, Frauen vergewaltigt und Kinder umgebracht wurden – die Aufzeichnungen künden von noch größerem Leid.

Die Panduren hatten an mehreren Stellen Feuer gelegt. Allenthalben wurde es finster vor lauter Rauch, der über den gesamten Markt zog. Dann erhob sich auf allen Seiten hinter den Häusern ein gewaltiger Feuerschein. Von da und dort hörte man Glocken läuten. Viel Bürgerschaft drängte auf den

Marktplatz, auf die Schrei-Bänke zu, zum Bürgermeister. Der aber und seine Räte standen – von der Verwirrung ganz benommen – da wie leblose Figuren. Das Volk rannte wirr durcheinander. Etliche versuchten zu löschen, wurden aber immer wieder von den Panduren mit Gewalt daran gehindert.

Im Haus des Salzfertigers Peter Paulier hatten die wilden Gesellen alles mitgehen lassen, was sie brauchen konnten, und hatten ein heilloses Durcheinander hinterlassen. Aber immerhin hatten sie darauf verzichtet, auch hier Feuer zu legen.

Paulier nahm das alles kaum wahr. Er stand da und dachte nur an Florentina. Was würden die Panduren nur mit ihr anstellen?

Da kam der Stadtschreiber Gschwendtner auf ihn zugelaufen und rief: »Die Florentina ist dem Trenck vom Roß 'runterg'fallen, und er hat sie liegen'lassen. Jetzt ist sie arg zug'richt't.«

Besorgt eilte der Salzfertiger in Richtung des Tores, durch das der Trenck hinausgeritten war. Da tauchte im Torbogen auch schon Florentina auf; sie konnte sich nur mühsam auf den Beinen halten und wurde vom Pleß gestützt. Auf dem Platz angelangt, brach sie zusammen. Der Ferenz war sofort bei ihr, noch eher als der Salzfertiger…

Der Bürgermeister und die Räte wurden von einem Haufen aufgeregter und verängstigter Menschen umdrängt. Ständig mußten sie neue Schreckensnachrichten anhören, welche Schäden die Panduren im Ort angerichtet hatten.

So berichtete der Prokurator Kirchbeck: »Das vermessene Gesindel is' z'erscht auf die Färbergassen aussi und hat alle achtundzwanzig Häuser in vollen Brand g'steckt – in ganz kurzer Zeit.«

Der Totengräber ergänzte: »Und im Messinghammer habens' auch noch an vier Stellen Feuer g'legt!«

Viel Aufhebens machte eine Marktfrau: »Vor dem oberen Fleischbanktor, da san fünf Häuser an'zund'n word'n. Und daneben, bei der Spitalkirch'n, wo der große Strohstadl is', da hat oaner an brennenden Pechkranz 'neig'worf'n; der aber hat ned den mindesten Schaden g'macht. Dös hat ma' unserm Herrgott und dem heiligen Joseph zu verdanken. Den haben etliche Leut' ang'ruf'n! Und er hat augenscheinlich Hilf' widerfahren lassen!«

Der Pleß war ganz verstört: »Nicht weniger als fünfzehn von uns – meistens Handwerker – haben jetzt schon ihre Wohnungen verloren; und unser Bürgermeister – schauts ihn bloß an! – steht da und hält Maulaffen feil!«

Die größte Hiobsbotschaft aber brachte jetzt der Brunnmeister Weixelbaumer daher: »Bürgermeister, der wilde Trenck zieht unsre Plätten unterm Schloß z'samma und läßt die Salzfässer von seine Leut' auflad'n.«

Jetzt begann sich's in der enttäuschten Bürgerschaft wieder einmal – wie schon so oft – zu regen.

Der Rosenheimer Messinghammer; auch hier legten die Panduren Feuer, das allerdings bald gelöscht werden konnte.

»Das darf doch ned wahr sein!« schimpfte der Weingastgeb Ruprecht Höck. »Bürgermeister, du hast ihm doch die zweitausendfünfhundert Gulden von den Nockherbrüdern gegeben, damit er uns das Salz laßt! Oder ned?«

»Freilich!«

Darauf der Johann Baptist Danner: »Jetzt hast es, Ruedorfer: Trau, schau, weg!«

»Dös scheene Geld! Weg is's – und unser Salz aa!« Fassungslos schüttelt der Handelsmann Wolf Märtl den Kopf, worauf der Schmetterer das vernichtende Urteil fällt: »Unsern Bürgermeister kann man zu nix brauch'n!«

Der Pleß aber, der fast immer und überall die gegenteilige Meinung vertrat, erklärte ärgerlich: »Jetz' gebts a Ruah! Der Ruedorfer hat g'macht, was er könna hat. Es gibt halt amal koa Recht im Krieg!«

Inzwischen schien sich die Florentina unter dem Zutun ihres Ehemanns ein wenig erholt zu haben: »Ferenz«, sagte sie, »komm, führ mich zum Trenck! Der muß doch noch ein halbwegs menschliches Herz im Leibe haben!«

Mit rührender Fürsorge unterfing der junge Husar seine Gattin und geleitete sie langsam über den Platz, dem Tore zu. Fast alle schauten den beiden mit Ergriffenheit nach. Als sie unterm Torbogen standen, gingen die zwei mächtigen Flügel auf und – der Trenck stand vor ihnen und schrie: »Florentina, 's ist höchste Zeit!«

Die liebenswürdige Frau schmiegte sich zärtlich an ihren Gatten und sagte so leise, daß es nur die Nächststehenden vernahmen: »Ich bleib' beim Ferenz!«

Darauf zückte der wilde Mann seinen Säbel und holte aus, den jungen Soldaten niederzuhauen. Der zog geistesgegenwärtig seine Waffe und suchte den Schlag zu parieren, wurde aber dennoch getroffen. Trenck ritt in rasender Hast davon.

Nun mußte Florentina, selbst nicht recht bei Kräften, ihren verwundeten Mann stützen. Doktor Wüntter und die Baderin eilten herbei und bemühten sich um ihn. Die beiden brachten ihn schließlich in die Torstube. Florentina wollte ebenfalls hineingehen, doch Wüntter bedeutete ihr, sie solle draußen warten…

Strafgericht und Befreiung

Der Trenck war samt seiner Beute – dem Rosenheimer Geld und dem Rosenheimer Salz – schleunigst aus der Gegend verschwunden. Er wußte, daß eine Abteilung des kaiserlich-bayerischen Seckendorffschen Regiments im Anmarsch war, um den Marktflecken zu befreien. Seine Panduren jedoch, die niemand gewarnt hatte, waren immer noch in aller Seelenruhe damit beschäftigt, zu plündern und zu brennen. Es wäre wohl noch der ganze Ort in Schutt und Asche gesunken, wenn nicht gerade noch rechtzeitig die bayerischen Soldaten eingetroffen wären.

Die Überraschung bei den Plünderern war vollständig. Nur die wenigsten von ihnen konnten sich noch über den Inn retten; die meisten wurden zusammengeschossen oder mußten sich, da sie keinen Ausweg mehr sahen, ergeben.

Der Kampf hatte nicht lange gedauert. Jetzt ertönte ein Trompetensignal, und ein bayerischer Adjutant betrat die Schrei-Bank:

»Bürger und Bürgerinnen von Rosenheim, vernehmet folgende Verlautbarung:

Wir, Obrist von Eschern, der Kommandant des kaiserlich-bayerischen Seckendorffschen Regiments, verkünden der Bürgerschaft von Rosenheim, daß ihre Leidenszeit zu Ende ist...«

Da klatschten alle, die da ringsum standen, freudig erregt in die Hände und stießen begeisterte Rufe aus. Als sich diese Erregung wieder gelegt hatte, fuhr der Adjutant fort:

»Nachdem sich der ungute Franz von der Trenck vom Großteil seiner räuberischen Panduren abgesetzt hat, sind diese in Unsere strafenden Hände gefallen. Wir werden Uns mit ihnen befassen.

Gezeichnet: von Eschern.«

Während der Adjutant die Schrei-Bank verließ, wurden hundertfünfzehn Panduren auf den Platz geführt.

Ihnen folgte der Freiherr von Eschern mit seinem Offizierskorps. Er saß ab, begrüßte die Rosenheimer Würdenträger mit Handschlag und sagte mit verhaltener Stimme zu seinem Adjutanten: »Bevor Wir Uns, meine Herren, an die Bürgerschaft wenden, bitten Wir zu erkunden, wer von diesen wilden Männern schwimmen kann!«

Sofort gingen die Wachsoldaten durch die Reihen der Panduren, fragten sie und sortierten sie aus. Das dauerte einige Zeit. Währenddessen redete der von Eschern unter vorgehaltener Hand weiter: »Veranlasse Er, daß die Schwimmer auf die restlichen Joche der Brücke geführt und – an Händen und Füßen gebunden – mit einbrechender Dunkelheit in den Fluß geworfen werden!«

»Zu Befehl!« erwiderte der Adjutant.

»Die anderen, die Nichtschwimmer, führe man flußabwärts, etwa eine oder zwei Meilen weit. Dort sollen sie die Ertrunkenen aus dem Wasser fischen und am Ufer einscharren. Danach werden sie zusammen mit ihren Offizieren – vorausgesetzt, daß solche unter ihnen sind – im Ufergebüsch aufgehängt – sofort!«

»Zu Befehl!«

Nun wurden die aussortierten Gruppen in verschiedene Richtungen weggeführt, und der von Eschern wandte sich an das inzwischen zahlreich zusammengeströmte Volk:

»Männer und Frauen von Rosenheim! Ihr habt euch wacker gehalten! Um so betrüblicher, daß ihr durch den räuberischen Panduren-Trenck euer Handelsgut verloren habt. Doch soll das, wie zu vernehmen war, durch eine eurer Schönen verursacht worden sein…«

Da fiel ihm der Bürgermeister ins Wort: »Hochedler Herr Obrist von Eschern, erlaubt mir eine Richtigstellung! Es geht zwar die Rede, die Stieftochter unseres Salzfertigers habe das bewußte Versteck verraten – dem ist aber nicht so! Im Gegenteil: Unsere Markträte und ich wissen, wer's war!«

Interessiert fragte der Obrist: »Ihr wißt, wer's war?«

Antwortete der Pleß mit seiner Pfundsstimme: »Wir wissen es, ja! Aber wir wollen nicht darüber reden!«

»Wir möchten diese angebliche Verräterin sehen!«

Da schritt ein Ratsdiener die fünf steinernen Stufen hinab und holte Florentina mit Leichtigkeit aus der Menge, weil alle ihm den Weg zu der jungen Frau freimachten.

Als sie vor dem von Eschern stand, fragte er: »Wie heißt Sie?«

»Florentina, Euer Gnaden!«

»Weiß Sie, daß man Ihr Verrat vorwirft?«

Nachdem sie sich gefaßt hatte, antwortete sie: »Ich schwöre bei meinem toten Vater, daß ich nichts, aber auch gar nichts verraten habe!«

»Doch die Bürgerschaft ist anderer Meinung!« antwortete der hohe Offizier und faßte die junge Frau scharf in die Augen.

Wieder ergriff der Bürgermeister das Wort: »Hochlöblicher Herr Obrist, so muß es also doch gesagt werden, damit's kein schiefes Bild gibt: Die Afra Hinterhuberin war's!«

»Dös Luader!« rief einer aus der Menge.

Der Bürgermeister machte eine beschwichtigende Handbewegung und fuhr fort: »Doch hat sich die der gerechten Strafe durch Flucht entzogen. Die Schiffsleut' haben sie noch in Passau gesehen, wie sie mit Panduren ins Österreichische hat 'nüberwollen. Da hat sich dann ihre Spur verloren.«

Eine ältere Frau fragte laut: »Und die armen Kinder? Jetzt, wo eahna die Panduren aa noch an Vatta daschlag'n hab'n?«

»Um den war's eh ned schad'!« Der Kommentar des Totengräbers war bei der Stille, die auf dem Platz herrschte, deutlich vernehmbar.

»Da ist's wohl unsere Christenpflicht, daß wir uns um die armen Hascherl kümmern«, hörte man jetzt den Pfarrer sagen.

»Hochwürden, das krieg'n wir schon«, antwortete der Märtl. »Wenn's sein muß, kommens' bei mir unter.«

In diesem Augenblick entstand eine Unruhe in der versammelten Menge. Zwei bayerische Wachtmeister schleppten und stießen den ungarischen Oberleutnant Ferenz Farkas, der einen Verband trug und sich offenbar kaum auf den Beinen halten konnte, mit aller verfügbaren soldatischen Grobheit auf den Platz und machten die recht formlose Meldung:

»Da hab'n mir noch an Österreicher derwischt. Im Torhaus drin hat er sich verkrochen g'habt. A bisserl lädiert is' er. Was soll'n wir mit eahm machen?«

Noch ehe einer der anwesenden Offiziere reagieren konnte, war Florentina bei der Gruppe und rief: »Tuts ihm nix! Der is' vom Trenck zusammeng'hauen worden, wie er ihm sagen hat wollen, er soll seine Panduren z'ruckpfeifen!«

Die erstaunten bayerischen Soldaten ließen von ihm ab. Da eine kleine Pause entstand, konnte sich der Bürgermeister nochmals an den Obristen wenden: »Euer Gnaden, der Oberleutnant Farkas war eine Zeitlang als Besatzungssoldat bei uns im Markt. Ich kann Euch versichern, daß wir keinen Grund hatten, über ihn zu klagen – ganz anders als bei manchen anderen! Für so was, wie der Trenck mit seinen Panduren bei uns ang'stellt hat, hätt' er sich jedenfalls nicht her'geben! Übrigens ist er der Mann von der Florentina.«

Der von Eschern bedachte sich einen Augenblick. Dann wandte er sich scharf an den Ungarn: »Wo hat Er sonst noch gedient – außer an diesem Druckposten in Rosenheim?«

»Habe vor Prag gekämpft, war bei Dettingen dabei und jetzt im Frühjahr im Elsaß!«

Das stimmte den bayerischen Obristen plötzlich viel wohlwollender: »Tüchtige Offiziere können wir auch im Stab unseres Seckendorffschen Regiments brauchen. Wenn du willst, kannst du übertreten. Gib mir deine Entscheidung bis morgen mittag bekannt. Wenn sie abschlägig ist, müßt' ich verlangen, daß du binnen drei Tagen aus bayerischem Gebiet verschwindest!«

Schon wollte sich die Gruppe der bayerischen Offiziere und Rosenheimer Ratsherren auf der Schrei-Bank auflösen, als noch einmal Bewegung in die Szenerie kam: Florentina und ihr Ziehvater waren zum Bürgermeister hingetreten, worauf dieser den bayerischen Befehlshaber nochmals ansprach:

»Der kurfürstliche Salzfertiger Peter Paulier wünscht Euer Gnaden zu sprechen.«

»Soll 'raufkommen!«

Der Salzfertiger trat dem hohen Offizier nicht ganz ohne Scheu, aber doch sehr entschlossen gegenüber: »Euer Gnaden, Ihr könnts mir den Ferenz Farkas doch ned wegnehmen! Der ist ein Glücksfall für mich! Ich hätt' mir kaum zu hoffen getraut, daß ich einmal einen Mann find', der mir unseren Ungarnhandel wieder aufbauen könnt'! Und jetzt hätt' ich einen, wo der Ferenz doch endlich nicht mehr für die Österreicher in'n Krieg ziehen muß!«

Die Art, wie sich die Rosenheimer für ihre Salzfertigerstochter und deren ungarischen Mann starkgemacht hatten, rührte nun doch auch den harten Soldaten. Er verkündete: »Wenn denn der Ferenz Farkas Zivilist werden will, kann er meinetwegen auch hierbleiben. An Uns soll es nicht liegen!«

Dem Ungarn, der das Gespräch mitangehört hatte, fiel die Entscheidung offensichtlich nicht schwer. Demonstrativ zog er seinen Uniformrock aus und rief: »Bin gewesen neun Jahre Soldat. Denke, das genügt. Jetzt ich will nur noch sein Rosenheimer.« Florentina fiel ihm um den Hals…

Die Stimmung im Markt war endlich, nach den schlimmen Kriegsjahren und all dem gegenseitigen Mißtrauen, wieder friedlich und fröhlich. Mitten in die ganze unbeschwerte Szenerie hinein hörte man jetzt den Schmetterer rufen:

»Sobald ich mei' guats Geld aus'm Weinhandl mit die Welschen kriag', stift' ich viertausend Gulden zur Benefiz für die Kapell'n ›Zu den Sieben Zufluchten‹ am Roßacker!«

Darauf der Pfarrer: »Schmetterer, der Herrgott segne dich dafür!«

Nun brach alles Volk in Vivat- und Jubelrufe aus. Und etliche wollten sich schon verlieren. Doch da rief der Pfarrer noch einmal über ihre Köpfe hinweg: »Kinder, wir wollen 's Danklied ned vergessen!«

Und gleich stimmte er es an:

»Nun danket alle Gott mit Herzen, Mund und
Händen,
der große Dinge tut an uns und allen Enden,
der uns von Mutterleib und Kindesbeinen an
unzählig viel zugut' bis hieher hat getan!

Der ewigreiche Gott woll' uns in unserm Leben
ein immer fröhlich' Herz und edlen Frieden
geben
und uns in Seiner Gnad' erhalten fort und fort
und uns aus aller Not erlösen hier und dort!«

Die Kapelle »Zu den Sieben Zufluchten« am Roßacker

Bildnachweis:
F.W. Doppelmayr: S. 21
Hafner: S. 31
Rammel: S. 61, 102/103
Stadtarchiv Rosenheim/Trux: S. 13, 79, 113, 125

ISBN 3-475-52814-2

Dieses Buch erscheint im Rosenheimer Verlagshaus
GmbH & Co. KG, Rosenheim

Titelbild: John Design, Rosenheim

Satzarbeiten: Buch-Werkstatt GmbH, Bad Aibling
Druck und Bindung: Druckerei Ebner Ulm

5 4 3 2 1